Die Autorin

Elke Heidenreich, geboren 1943, verbrachte ihre Jugend im Ruhrgebiet. Ihr Studium der Germanistik, Theaterwissenschaft und Publizistik absolvierte sie in München, Hamburg und Berlin.

Seit 1970 arbeitet Elke Heidenreich als freie Autorin und Moderatorin für Funk, TV und verschiedene Zeitungen. Sie lebt zusammen mit dem Autor Bernd Schroeder, mit dem sie viele gemeinsame Arbeiten schrieb, in Baden-Baden – mit zwei Müttern, zwei Katzen und einem Hund!

Bekannt wurde Elke Heidenreich einem breiteren Publikum vor allem durch die seit mehr als zehn Jahren im Hörfunk ausgestrahlten Monologe der Metzgersfrau Else Stratmann sowie durch ihre Tätigkeit als Moderatorin in der Talkshow «Kölner Treff», wo sie Anfang der achtziger Jahre als Nachfolgerin von Alfred Biolek durch ihre spontane Gesprächsführung ein Millionenpublikum begeisterte.

Wichtigste Arbeiten: Hörspiele: Die Geburtstage der Gaby Hambacher (mit Schroeder), Bayer. Rundfunk 1971; Alle sind an allem schuld, Bayer. Rundfunk 1972; Kein trautes Heim, Hörspielserie mit bisher 25 Folgen, SWF 1984/85. Film: Gefundenes Fressen (mit Schroeder), Sentana Film München 1975. Fernsehen: Nestwärme (mit Schroeder), ZDF 1973; Die Herausforderung/Rest des Lebens (mit Schroeder), SWF 1975; Verführungen, SFB 1978/79; Freundinnen, Serie mit sieben Filmen, SWF 1980 (dafür erhielt Elke Heidenreich den Wilhelmine-Lübke-Preis); Unternehmen Arche Noah, Saarl. Rundfunk 1983; Kein schöner Land, sechsteilige TV-Serie, WDR 1984/85 (mit Schroeder). Dazu gleichnamige Filmerzählung, 1985 in der Edition Bellevue/Elster Verlag. Seit Mitte 1985 gehört Elke Heidenreich als dritte Moderatorin zum Team der SFB-Talkshow «Leute».

Zur Hörfunkfigur Else Stratmann: 1975 im SWF erfunden, läuft seitdem dort regelmäßig zwei- bis dreimal pro Woche zu allen wichtigen Dingen des Lebens. Seit 1976 in WDR 2, jeden Samstagnachmittag. Seit 1982 in NDR 2 am Vormittag. Drei LPs: Fiertel Funt Gehacktes (1981), Schlachtplatte (1984), Else's Goldene (1985), alle bei pläne. Mit dem Buch «Darf's ein bißchen mehr sein?» (rororo tomate 5462) landete Elke Heidenreich 1984 einen echten Bestseller. Die Autorin über ihre Figur: «Else Stratmann ist eine Metzgersgattin aus Wanne-Eickel, Mitte Vierzig, hat einen Gatten namens Willi, eine Tochter namens unser Inge und eine gepflegte Dauerwelle. Sie weiß grundsätzlich alles besser.»

Elke Heidenreich

„Geschnitten oder am Stück?"

Neues von
Else Stratmann

rororo
Rowohlt

rororo tomate
herausgegeben von Klaus Waller

221.–270. Tausend Januar 1986

Originalausgabe
Veröffentlicht im Rowohlt Taschenbuch Verlag GmbH,
Reinbek bei Hamburg, Dezember 1985

Umschlagbild Michael Ryba
Umschlagtypographie Manfred Waller
Satz Bembo (Linotron 202)
Gesamtherstellung Clausen & Bosse, Leck
Printed in Germany
580-ISBN 3 499 15660 1

Inhalt

Stücksken Dauerwurst

Schlachtplatte, gemischt

1 Pfund Suppenfleisch, wie gewachsen

Willi Stratmann

ff Fleisch- und Wurstwaren
Wanne-Eickel

An Herrn
Rowohlt-Verlag
Reinbek bei Hamburg

W-Eickel, Herbst 1985

Lieber Herr Rowohlt!

Mit diese Bücher von meine Gattin muß jetzt Schluß sein. Als ich meine Gattin damals geheiratet habe, haben wir beschlossen, zusammen eine Metzgerei zu führen und von solche Bücher war keine Rede. Mittlerweile hör ich meine Gattin im Radio, mußte sie mehrmals im Fernsehen angucken, was nicht mehr vorkommen soll, wie sie mir versprochen hat, und nun auch noch Sie mit Ihre Bücher.

Ich habe nichts gegen Bücher. Wir haben auch welche. Aber man muß die ja nun nicht gleich schreiben. Ich möchte, daß meine Gattin wieder konzentriert und fachkundig Fleisch und Wurst schneidet und nicht Bücher schreibt, und mir ist der Rummel auch zuviel, der dazugehört. Ich gebe zu, daß ein paar Kunden mehr kommen als wie früher, weil sie meine Gattin sehen wollen und bei der Gelegenheit dann auch schon mal 100 Gramm feine Leberwurst im Naturdarm kaufen, wobei wir auf unsere Kosten kommen, weil es immer auch ein bißchen mehr sein darf. Aber viele Kunden bleiben auch weg, weil sie die Umtriebe meiner Gattin nicht mehr ertragen und eine richtige Metzgersfrau wollen, keine, die jetzt Bücher am schreiben ist.

Darum teile ich Ihnen mit, daß dies das letzte ist, was meine Gattin Ihnen sendet. Ich spreche da ein Machtwort jetzt mal. Schicken Sie das Geld dafür bitte auf das Ihnen bekannte Konto, und ansonsten möchten wir nicht weiter mit Bücher behelligt werden und ist jetzt ein für allemal Schluß damit.

(«Der Geist ist willig, aber das Fleisch ist auch stark», sagt schon der Dichter.)

Machen Sie das Buch nicht zu teuer, wie ich höre, soll es eine Mark mehr kosten als wie das vorige, hoffentlich haben Sie sich das gut überlegt. Die Leute sparen alle.

Im übrigen möchte ich noch sagen, daß die Meinungen meiner Gattin nicht in jedem Fall mit meinen Ansichten am übereinstimmen sind, und was sie über unsere Familie erzählt, stimmt sowieso alles hinten und vorne nicht. Else hatte schon als Kind zuviel Phantasie, aber da müssen wir durch.

Hochachtungsvoll,

Willi Stratmann, Wanne-Eickel

1/2 Pfund Gehacktes

Wg. Kohl

Sehr geehrter Herr Dingens,
ich komm gezz nich auf Ihrem Name, aber wenn ich den Brief nache Unneversität hinschick un draufschreib, wg. Kohl, dann kommtatt sicher richtich an.

Ich schreibse heute wegen dieses Immätsch von den Herr Bundeskanzler Kohl, watt Sie gezz radekal verbessern wollen. Die Idee findich richtich, un et wird auch Zeit. Kuckense, der Stoltenberch, nie im Lehm wär der Mann Ministerpräsedent von Schleswich-Dingens, da ohm, meerumschlungen, wär der doch dammals nie im Lehm geworn, wenn da nich ne Firma für Immätschflege gesacht hätte, so Junge, ers machen wer gezz de Hosen vonne Anzüge alle ma lang genuch un dann kaufen wer deselben Zähne, die de da has, in weiß. Hat genützt. Ich weiß noch, wiese den Kohl 1976 schomma ne dünamische Brille aufgesetzt ham, datter so flott aussieht wie er in Wirklichkeit is, datt hat dammals aber nix genützt, hatter de Wahl trotzdem mit verloren. Aber nu isser ohm, un da find ich datt völlich richtich, dattse sich um den sein Immätsch ma Gedanken machen, schließlich fährter Mann für Deutschland inne ganze Welt rum.

Ich möchte als Bürger da auch einige Vorschläge gezz machen un hoffe, datt Sie datt berücksichtigen könn, also, datt Lächeln, datt muß weck. Lächeln is ja gut un schön, aber donnich so un donnich immer, da müßt man doch watt machen könn. Un datt Wichtichste für dem sein Immätsch, datt wärn andern Beruf. Kuckense, ich denk oft, da machense sich gezz mit ein ganzes Institut anne Unneversität sonne Aabeit, un billich is datt auch alle nich un zahlter Steuerzahler, bloß für dem Mann sein Immätsch aufzumöbeln. Könntet denn nich sein, dattat Immätsch, watter hat, völlich richtich is un gut paßt, un datter nur den falschen Beruf dazu hat? Wenn der son Posten hätte meinzwegen als Pastor in Ida Oberstein oder Schalterbeamten beide Stadtspakasse Wuppertal oder watt weiß ich, dann ginget doch. Könnter bleim wie er is. Denkense ma drüber nach, lieber Herr Dingens.

Mit schöne Grüße binnich Ihre
Else Stratmann, Wanne-Eickel

Reagans Darm

Könnse ma kucken, auch Kauboys wern krank, nä, hätten wer bei den Reagan ga nich gedacht, der is doch immer sowatt von kregel, aber schließlich isser auch schon über sippzich, watt willze machen. Trotzdem, wenn son Amerikaner krank is, datt kannze ers ma ga nich glauben, die sintoch so gesund da immer alle, ganzen Tach am lächeln, alles voll mit Vittamine, gute Krankenkasse, Kaugummi, nette Ärzte un alles, da kannze doch ga nich krank wern, datt paßtoch ga nich, un trotzdem, nä. Lach er auffe Nase gezz, mitten Darm.

Aber der is ja ma watt zäh, wissense noch, wiesen angeschossen ham dammals, schon vonne Bahre runter warer am winken nach sein Volk, keine Angst, Pappa machtatt schon, bald wird widder durchgegriffen, un so waret, nä.

Un mitten Darm gezz auch. Da schneidense dem den Bauch auf, holen en halben Meter raus, nähen en zu un watt macht er? Steht am Fenster un grinst un sacht, nich so schlimm, der Russe soll bloß nich denken, wennich krank bin, tätich nich genuch auffem Kommenismus aufpassen, ja, von wegen. Ich mein, son Darm is lang, nä, da kannze ruich ma son Stücksken von abschneiden, kuckense, ich als Metzgersgattin hab ja mit Därme den ganzen Tach zu tun, unsere Trüffelleberwurst ham wir ja nur innen feinen Naturdarm, aber so ein hatter Reagan ja nich – ich mein nur: son Darm, der hält watt aus.

Ers wolltense uns ja verklickern, dattat alle nich so schlimm wär, weil, ein Scheff von ein Land, der daaf eimfach nich krank sein. Wissense noch, wattse den aam Schernenko in Rußland am Schluß mitten Stock im Rücken gestützt ham, dattet ja nich auffiel, wie klapperich der schon wa, dabei wäret doch menschlich, wenn son Präsedent aumma zeicht, datt ihm watt weh tut un datter nich mehr so kann.

Kuckense, der Reagan, nä, vor einige Zeit, wie datt mitte Terroristen unte Geiseln in dies Fluchzeuch wa, da hat er gesacht, de Terreristen wärn Mißgeburten unte Regierungen von watt weiß ich, Kuba un Nicaragua, datt wärn alle Verbrecher un müßte er gezz hart durchgreifen. Da dachtich noch so, nä, is datt nu nochen menschlichen Mensch oder nich mehr, un wie er dann krank wa, wa ich richtich beruicht, nä, kuck, dachtich, Else, der auch, isser donnich ganz aus Granit, der Olle. Un wer hatten Glückwünsche geschickt für zum Gesundwerden? Der Präsedent von Nicaragua, kannze ma sehn. Wolln wer ma hoffen, datter Reagan sich datt ma zu Herzen nimmt un nich bloß in sein Darm en Mensch is, sondern sonz auch. Un die sechzich Zentimeter, diese abgeschnitten ham, watt wird gezz damit? Komm die in Ammerika innen Museum, oder krichtse de deutsche Bundesregierung, die de Ammerikaner doch so gerne im Hintern kriecht?

Nänzis Koffer

Wie die Nänzi Reagan mit ihren Ollen hier durche Bundesreppeblik gereist is, hamse da gelesen, wattie an Koffer dabei hatte? Ja, gezz setzense sich aber ersma hin. Die hatte neunzehn Koffer dabei für son paa Tage! Bloß sie alleine, er hatte nomma extra seine fürde Anzüge un de Schuhe un alles, aber sie: NEUNZEHN Koffer, ja könnse mir gezz velleicht ma sagen, wattie Frau mit neunzehn Koffer macht? Watt tut man da rein? Gut, die müssen sich schomma öfter umziehen wie unserein, obwohl ich mich da auch oft frach, ob datt alle nötich is, für jedes Ahmtessen en ander Kleid mit passende Schühkes, aber bitte. Trotzdem: soviel Kleider gibtet doch ga nich für in neunzehn Koffer. Deshalb soll ja auch in ein vonne Koffer bloß Mineralwasser gewesen sein, also in Flaschen natürlich, nich so, nä.

Gezz sagense doch ma selbs! En Koffer voll Sprudelwasser schleppen die aus Amerika bis nach hier, als gäbet datt bei uns nich auch an jede Bude, nein, muß amerikanischen Sprudel sein. Da faßte dich doch am Kopp, aber echt. Un ein Koffer voll mittiese Gummibonbongs, die er so gerne ißt – dazu sarich überhaupt nix mehr. Der soll lieber anständich regieren, soll der lieber! Gummibonbongs! Wo sind wer denn, hä? Un außerdem, wenn *ich* in andre Länder fahr, dann eß ich doch auch, wattet da gibt un bring mir nich aus Wanne-Eickel wer weiß watt mit – datt hamse uns doch nu lange genuch beigebracht, datter Italiener ehmt de Nudeln lang ißt, gut, essen werse auch lang, obwohl et Kwatsch is, un in Spanien musse ehmt Tintenfische essen un in Deutschland Cörriwurst, aber er, verstehsse, is Präsedent un kann nich lehm ohne ammerikanische Gummibonbongs, un dafür dann zich Koffer.

Un wissense, wattie noch dabeihatten? Ja gezz kriegense aber ersma en Schlach: MILCH. Milch in Tüten von amerikanische Kühe, wahscheinz seine eigenen, der hattoch ne Faam oder sowatt, un da isser wohl zu geizich, datter hier Milch kauft un bringt sich die mit, datt hat man ja oft bei so reiche Leute, dattse knickerich sind bis zum Gehtnichmehr, die Frau von den Siemens, nä, Millionärin, aber bügelt de Geschenkpapiere unte Schleifen immer nomma auf, datt man se nomma nehm kann, tüpisch. Un wir kippen hier de Milch auffe Straße, weil de Bauern zuviel ham, nein, muß der Präsedent vonne Vereinichten Staaten nomma sein eigenen Koffer voll Milch mitbring, also, Marotten ham die alle, datt is schon nich mehr feierlich. Wo warich?

Ja, Nänzi seine Koffer. Nach un nach sintie dann leer geworden, nä, Milch un Sprudelwasser un Gummibonbongs raus un dann Geschenke rein, weil, die schenken sich ja auf so Staatsbesuche dauernd watt, als hättense nich schon soweso de Willa alle voll Nippes. Nein, muß der Weizsäcker de Nänzi nochen Foto von sich un seine Gattin in ein Lederrahmen schenken – ja, ich bitte Sie! Glaumse denn, dattie Reagans sich da in ihrn Kauboyhaushalt in Wilden Westen mitte ganzen Ferdehalfter anne Wand ausgerechnet noch unsern Weizsäcker un seine Marianne in ein Lederrahmen hinstellen, datt kommtoch sofort unten inne Kommode. Oder der Kohl, nä – schenkter zwöllef mundgeblasene Weinkelche. Weinkelche! Wie lange sintie Reagans gezz verheiratet? Fuffzich Jahre bestimmt schon, un da glaubter, die hätten immer noch keine Weingläser, ja, wo lebter Mann? Un aunnich grade ne dolle Idee, jemand Weinkelche schenken, der mitten Koffer unterwechs is, datt gibtoch Scherben, wissenwer doch alle, wie Koffer auffe Bundesbahn durche Gegend geschmissen wern, also manchma frachich mich, wose alle ihren Verstand ham.

Da gefällt mir dieser Könich Hassan von Dingens, Marokko, der gefällt mir besser, der hat ma neun Funt Mandarin ohne Kerne vorbeigebracht, wie er grade inne Gegend wa, ja, datt is dochen schönet Geschenk, kannze essen, is gesund, brauchze nich rumschleppen ...

Un trotzdem. Über de neunzehn Koffer von diese spillerige Hippe komm ich nich weck. Ich machse ja nich – die is 61 un immer noch Kleidergröße 34/36, da stimmtoch watt nich, datt is doch krank! Willi sacht, Else, du bis bloß neidisch, weil du dicker bis, un ich sach, du ollen Döskopp, sarich, meinze ich wär neidisch auf eine, die den ganzen Tach dem Reagan sein Händchen halten muß? Un trotzdem. Ich frach mich, wie die datt macht – immer Festessen un Bankette un schlemmen un alles, un Größe 34/36! Ich – ich brauch ne Leberwurst bloß von weitem ankucken, dann habbich schon widdern halb Funt zugenommen.

Bunkerübung

Istie Regierung aus den Bunker eintlich schon widder raus oder sitzen die da noch drin? Manchma merkze ga nich, ob die nu am regieren sind oder nich. Die hatten doch diese Übung da, neulich, im Bunker gehen für wennet Kriech gibt un der Russe kommt mit Atom, da übtie Regierung Überleben. Obwohl, ich frach mich, wenn datt Volk weck is, watt brauchen wer da noch de Regierung, ma so direkt gefracht – gut, der regiert gerne, der Kohl, willer auch nachen Kriech dann scheinz noch, aber wen willer da groß noch regieren? Der kommt aus sein Bunker da inne Eifel, so nach zwei, drei Wochen, un watt is? Wüste, da tät soga dem de gute Laune ma vergehn, glaumse datt?

Nuja, aber nu stehter da, der Regierungsbunker, soll dreißich Million Unterhalt im Jah kosten, also datt versteh ich nu schon widder nich. Wo komm so Zahlen immer her? Dreißich Million Unterhalt! Watt machen die denn da, jeden Tach staubsaugen, Wände mit Blattgold belegen un Schampagner kühl halten fürm Ernstfall? Datt Teuerste is wohl bewachen, da sind ja hundert Mann rund umme Uhr am Aufpassen, dattie Bürger nich rauskriegen, wo der Eingang is, weil sonz wollnse nachher alle noch rein, is aber nur für ausgewählte Persönlichkeiten, die fürm Staat wichtich sind, also der Kohl, der Möllemann, der Zimmermann un sowatt alle, nä.

Sie müssen sich datt so vorstellen, also nehm wer gezz ma an, datt gibt diesen Ernstfall, nä, Rakete un zack – dann weißtatt der Kanzler ja immern bißken eher wie unserein, weil der Reagan den ja vorher mitties rote Tellefon anruft un sacht, Helmut, hier is Ronnie, rat ma, watt gleich passiert! Un dann sachter Kohl: Ronnie, mach kein Kwatsch, du wirstoch wohl nich ...? Un der Reagan sacht: Kannze aber Gift drauf nehm, noch zehn Minuten, un du kannz Berlin vergessen! Un dann weiß der Kohl sofort Bescheid, nä, der is ja aunnich auffem Kopp gefallen, un dann läßterde Sekretärin nachen Schofför hin tellefonieren, der fährt vor mitten schwatten Merzedes un datt schwattrotgoldne Fähnken vorne dran un ab gehtet nache Eifel, hinten kommter Pilz schon schön langsam hoch, vorne fahn de ausgesuchten Persönlichkeiten nach Dernau anne Ahr, machen anne Panzertüre datt geheime Kloppzeichen, dann läßtse der wachhabende Oberstleutnant rein, Türe zu un fertich ab.

Watt aus den schwatten Merzedes wird, weiß ich gezz aunnich, der geht ja wohl inne Binsen, aber ich mein, der Schofför daaf ja soweso nich mit rein, dann isset auch egal, nä. De Sekretärin daaf mit, weil, der musser ja drin seine Protestnoten diktieren, nä, datter sich datt verbittet, eimfach Deutschland als Abenteuerspielplatz nehm, datt diktierter der un dann gibtet kein, der den Brief rausbring un im Kasten stecken will, aber so weit denken die ja immer alle auch nich. Tja, un da sitzense dann drin, nä, de Regierung, de Herren ausse Finanzämter, ohne Familien, weil sonz wird datt zu eng – is auch komisch, nä, wose de Familie sonz immer sowatt von am schützen sind, aber hier sachter Kohl, Hannelore, nä, sachter, tut mir leid, aber datt geht nich, sieh ma zu wiede klakommz, aber fürm deutschen Volk binnich eimfach wichtiger wie du, lech dich unterm Wohnzimmertisch, wennet kracht, un grüß mir de Kinder – Gott, nä, watt furchba, daaf ich ga nich alle zuende denken, Sie. Ob der Hupka mit reindaaf? Ja sicher, der muß doch Schlesien danach inne Heimat zurückholn. Un vonne Oppesition auch welche? Glaub ich nich. Wer grade nich regiert, der hat ehmt Pech gehabt, Lehm is kein Honichschlecken, sarich immer.

Willi, unser Omma, unser Inge un ich – wir müssen auch draußenbleim. An uns denkt keiner. Aber wennse dann rauskomm un wir sind alle weck, datt wirdse aunnich gefallen. Höchstens der Blüm mit seine Frohnatur, der wird sagen, sehnse, gezz ham wer schon widder viel weniger Aabeitslose, wie ich et versprochen hab.

Atommüll nach Schina

Hamse gehört, watter Schinese nett is? Der will in Zukunft unsern ganzen Atomdreck, der immer übrichbleibt, wenn wer Strom draus machen, will der alle nehmen. Ich mein, eintlich is datt widder tüpisch deutsch, nä – ers baunse de Atomkraftwerke, un hinterher sagense: huch, wohin gezz mitte giftigen Reste, un dann willet keiner rumzuliegen ham. Ich weiß noch, wie ich damals vorgeschlagen hab, jeder nimmt son bißken Atommüll mit nachhause, de Tonne is doch soweso nie voll, un wenn meinzwegen mittwochs geleert wird, kannze dattoch dienstachsahms noch reintun, nä. Aber is wohl widder zu gefährlich, weil, wenn datt Zeuch dann auffe öffentliche Müllkippe zu liegen kommt, schwupp, hamwer schon widder alle Krebs. Un der Schinese nu in sein asiatischen Gleichmut, nä, der sacht, ihm wär datt egal, wattwer nich brauchen könn, solln wer ruich rübberschicken nachet Reich der Mitte.

Gott, ja, Schina is ja nu auch groß genuch, nä, un ich mein, der Schinese is ja nu aunnich dösich, sonz hätter ja auch dammals datt Porzellan nich erfinden könn, der machtatt ja nich für umsonz. Kuckense, der hatte jahrelang mit seine Kulturrevolution soviel am Hals, der wa ja alles um am stürzen, der Schinese da in Schina, ersma mußtense alle en eigenes Farrad kriegen, un datt dauert bei ne Milliade Schinesen, bis da jeder sein Farrad hat.

Fürne Atombombe zu bauen, wie all die andern Länder so stickum, hatten die ga keine Zeit, aber gezz wollnse ja Wirtschaftswunder, nä, dürfen schon watt anderes anziehn un so, da brauchense mehr Strom, brauchense Kernkraftwerke, ja, un wo kriegense die her? Hier von uns, könnse kaufen, unte Regierung, schlau wiese is, sacht: Moment, nä, Kraftwerke könnter ham, aber nur, wenner auch unsern Atommüll dazunehmt.

Der Schinese hat sich datt kurz überlecht un gesacht gut, nehm wer, kann man ja aunnoch aufbereiten, wer weiß, velleicht machen wer uns ja doch aumma sonne Bombe, un unsere Leute hier tun so, als obse davon nix wissen. Wissense aber doch un sind auch heimlich froh, wenn der Schinese ne Bombe hat, wegen den Russe, der sitzt ja da anne Grenze un kricht velleichten bißken Angst, nä. Un so freut sich der Schinese, der Russe is am zittern, un wir Deutschen hammet ma widder geschafft, datt wer watt loswerden, watt wer bei uns nich brauchen könn, wie de ollen Schuhe nachet Rote Kreuz un de Ausländer nache Heimat unte gebrauchten Klamotten nach Afrika – gezz Atom nach Schina. Praktisch. Wie wäret denn ma mittat ganze Kabinett nache Wüste Gobi?

Neues Nationalgefühl

Wir Deutschen, wir ham richtich en neues Nationalgefühl, hamse datt schon gemerkt? Aber feste! Bei unsern Kanzler inne Amtsräume hängt ja auch widder de deutsche Fahne, nä, un datt Wort VATERLAND hörsse widder öfters, weil er so nett sacht, Deutschland-Vaterland-Europa, nä, datt wär einen – Moment, wie sachter? – einen Dreiklang wär datt, nä, einen Grundakkord von sein Verständnis vonne Polletik, ers Deutschland, dann Vaterland, nä, also auch Schlesien un watt uns alle ma so gehört hat, un dann ers Europa, hinten. Da müssen wer uns nich wundern, wenn wer anne Grenze immer nochen Kofferraum aufmachen müssen, wenn Europa ers anne dritte Stelle kommt – aber immerhin, Nationalbewußtsein is widder da, nä.

Wegen alles: Boris Becker un Michael Groß, Beethoven, Schloß Neuschwanstein, Urlaub auf Mallorca, de Bauspakassen, datt wärn alle deutsche Leistungen un sollten wer gezz stolz drauf sein, un deshalb spielense im Fernsehn ja gezz ahms auch immer de Hümne, mit Kinderchor un Fahne, datt man merkt, Deutschland, nä, is widder im Komm. Da hattet richtich gutgetan, watter Weizsäcker an diesen berühmten 8. Mai gesacht hat, datt wer nemmich aufpassen müssen, dattwer nich schon widder denken Deutschland Deutschland über ALLES, nä, die andern, sachter, wärn auch jemand un dürften wer nich drauf runterkucken. Datt hatter nett gesacht, gezz kann ich den gut leiden, datt hätte der vorige nich so gebracht, dafür konnter besser wandern.

Verstehnse, son bißken deutsch, da habbich ja auch ga nix gegen, ich seh ja schließlich aunnich so aus, als käm ich aus Spanien, sondern genauso, als kämich aus Wanne-Eickel. Aber *zu* deutsch, datt wär furchba mit ihr ganzes Fahngetümmel gezz schon widder. Da tutet direkt gut, datt wern Präsedent ham, der da drauf aufpaßt.

Weltraumfrieden

Wenn wer gezz wirklich aus Amerika den Frieden aussen Weltraum reinkriegen, müssen wer uns keine Sorgen mehr machen. Wie die datt machen wollen, weißich aunnich, aber jedenfalls wollnse da ohm alles so vollstellen, dattse sofort sehn, wenn der Kommenismus seine rote Faust nach uns rüberstreckt oder watt weiß ich. Hoffentlich jagense nich ma aus Versehen den Mond bei inne Luft, nä, dattwer nachts im Dunkeln rumtappen müssen. Man weisset ja auch immer nich, ob datt wirklich mehr fürm Frieden is, wattse da ohm in Weltraum machen oder mehr fürm Kriech, könn wer ja von hier unten aus ga nich so kontrellieren, nä.

Der Strauß hat ja gesacht, wir solln nich immer Kriech der Sterne sagen, datt wär falsch, et hieß im Gegenteil Frieden aussen Weltraum, da musse aber auch ersma drauf komm, nä ... Un der Reagan sacht, wir solln uns ma bloß keine Sorgen machen, wenner gezz mit Atom da ohm anne Sterne rumfummelt, datt würde er doch nur machen, um de fürchterlichen Atomwaffen vonne Erde sein Antlitz – hatter gesacht, so schön: vonne Erde sein Antlitz wegzukriegen un rauf inne Wolken zu tun. Hört sich gut an. Watt kriegen wer dafür hier unten? Schön grün Entsorgungspaak oder watt? Un holense dafür all de Raketen auffe Erde widder ab, diese grade so mühsam aufgestellt ham? Da wernse sich aber ganz schön ärgern, dattse datt mitten Weltraum nich früher eingefallen is, hättense sich de ganze Wegtragerei vonne Demonstranten un so alles sparen könn, datt kann ihn da ohm nich passieren, auffe Wolken kann sich keiner hinsetzen, schlau, watt?

Bei unser Omma auffet Sofakissen stand noch gestickt: «Inne Sterne wohnter Frieden». Ja, der is ja nu auch inne Wicken, der Frieden inne Sterne. Datter Papst da nix gegen sacht, dattse so nah bei sein lieben Gott gezz schon de Kanon aufstellen! Mitte letzte Ruhe in Weltall isset ja nu wohl auch Essich, da sollte doch 1986 ne Rakete mit Asche von liebe Verblichene hochgeschossen wern, in Amerika – wo sonz. Fürn paa tausend Dollar kannze dein Oppa inne Urne tun, raufschießen lassen un in klare Nächte kannzen ohm kreisen sehn, ewige Ruhe. Von wegen, nä. Un wennet dann losgeht mitten Kriech in Weltall, watt is dann mitte ewige Ruhe? Ach so, geht ja nich los, sachter Strauß, is ja *Frieden* in Weltall, nich Kriech, komisch, vergeß ich immer widder, kann ich mich nich dran gewöhn. Obse de Bundeswehr gezz bald auflösen? Die wern wer dann ja aunnimmehr brauchen. Himmlischen Frieden könn de Engelkes auch alleine machen.

Först Lädies treffen sich

Die Gattinnen vonne Präsedenten, nä, die ham sich ja neulich aumma getroffen für ein Drogengipfel. Also, datt wa ne Idee vonne Nänzi Reagan, sie sacht, also, wir sind ja nich bloß först Lädies, nä, wir sind auch Mütter, un inne ganze Welt wird datt immer schlimmer mitte Drogen un sollten wer uns gezz ma treffen un dadrübber reden. Hamse dann auch gemacht, unser Marianne, Weizsäcker seine, wa auch da, un dann sindse aus alle möchlichen Länder nach Amerika hingefahrn un ham richtich getaacht da, wie sonz de Männer immer, die ham ja eine Dienstreise nache andere, zahlter Staat, un datt wollten sie gezz auch ma, dabei hättense Tellefon un alles frei, aber nu gut, manchma will man sich ja auch sehn bein Reden. Un dann hamse geredet, über de Drogen un Rauschgift un datt man datt verbieten müßte, un datt wollten sie gezz alle ihre Männer, de Herren Präsedenten, sagen, wennse widder nachhause hinkämen.

Ja, ich mein ich seh de först Lädy von Bolivien schon, wiese zurückkommt un zu ihren Mann sacht, Oller, hömma zu, unser Land hier is mit schuld dran, weil, wir bauen dattoch alle an, Opium un Kokain un sowatt, un datt dürfen wer nich mehr machen, sachtie Nänzi Reagan, weil, da wern in Amerika un Europa de Kinder von süchtich un datt gehtonnich so weiter. Ja, glaumse dann sachter Señor Siles oder wie der heißt, die wechseln da ja alle immer so rasch, is gut, Teresa, dann baun wer datt ehmt nich mehr an? Von wegen! Der wird sagen, ach, dann frach deine neue Freundin domma, von watt unsre Bauern sonz leben solln, sollnse Gurken anflanzen oder watt, weil, die leben ja davon, nä, un Opium brauchze ja schließlich wohl auch fürde Krankenhäuser – datt is schwierich alle.

Un überhaupt, müssen wer dann nich Schnaps un Bier un sowatt auch alle abschaffen, wo willze mit anfang, ich denk immer, wichtiger wär ja ma, warum datt ganze Elend da is – warum saufense un *warum* müssense so Drogen nehm, wenn man datt ma rauskriegen könnte. Da muß doch irgenzwo in ein Lehm der Wurm drin sein, wennze datt Lehm bloß noch mitten benebelten Kopp aushälz, sagense selbs. Un datt müßte man ma erforschen un auch genuch Geld ham fürde Bekämpfung vonne Sucht un sowatt alle, ja, da hat aber der Nänzi ihr Gatte in Amerika de Gelder grade ganz fix für gestrichen, weil de Weltraumrüstung so teuer wird un er braucht seine Kröten dafür un nich fürde Probleme vonne Aamen. Un nu macht Nänzi son besorchten Kongreß ...

Wissense, wie mir datt vorkommt? Als ob einer zu sein Oppa sacht, Oppa, kumma, datt schöne Häusken hier, datt brauchze doch nich mehr, du bis doch gezz schon so alt, datt Häusken könn wir viel besser brauchen. Un dann schiebense den Oppa ab im Heim, reißen sich datt Häusken unterm Nagel un halten dadrin ne Tagung ab über de schlechte Behandlung von alte Menschen ...

So kommt mir der Nänzi ihr Angaschemang vor, wennse verstehen, wattich mein.

Kohl, abspeckend

Hamse den Wettstreit mitgekricht, Kohl un Strauß? Nänä, nich, wer gezz der bessere Kanzler wär, sondern umme Funde, Wettstreit umme Funde, wer schneller mehr runterkricht. Da warnse doch beide neulich auf Kur wegen zum Abspecken, der Kohl gezz schon vierzehnma. Da machense dauernd so Kuren un hinterher hauense sofort widder inne Vollen, eintlich auch ganz schön dusselich, un ehrlich gesacht aunnich datt, wattich mir als Volk so für ein Vorbild vorstell, nä. Andere Leute auffe Welt ham nix zu fressen un müssen wer jeden Tach in Fernsehen mit ansehen, un bei uns müssen de Führer vonne christliche Partei dauernd abspecken, weilse soviel fressen, dattse nich mehr inne Maßanzüge passen.

Gut, ich weiß selbs, dattet in Afrika ehmt kein Schweinebraten un Pudding un Torten un Sauerkraut mit Rippchen gibt un dattat falsch verteilt is auffe Welt, deshalb zahlen wer ja auch Hungerhilfe. Un ich weiß auch, dattie Dicken nich dran schuld sind, dattie Dünnen so dünn sind, aber trotzdem, Sie – gut siehtatt nich aus, un als Kanzler müßtich doch auch irgenzwie en Beispiel ... oder meinse nich? Also ich mein, der müßten Gefühl dafür ham, datt 238 Funt en bißken zuviel is, aber nein, immer feste Flaumenkuchen un Nudeln rein, un dann abspecken, datter hinterher widder kann, kommt mir alle bekloppt vor. Zehn Killo hatter letztesma runtergekricht, durfter bloß alte Brötchen essen. Hannelore wa ga nich ers mitgefahrn, ich kann mein Gatte, den deutschen Bundeskanzler, nich leiden sehn, hatse gesacht. Aber wir müssen en regieren sehn, nä, uns fracht ja auch keiner, ob wer leiden –

Un wenner dann zurück is vonne Kur, regierter ers ma immer ganz gestrafft, aber dann kommt gleich, watt weiß ich, en Wirtschaftsgipfel oder son Staatsbesuch, un schwupp, schiebter widder Wildenhasenragu mit Sauerampferblattspitzenparfait un Makrelenbrüstkes in Aspik rein wattat Zeuch hält, un sitzt von montachs bis Freitachs von neun bis sippzehn Uhr auffen Stuhl un regiert un setzt an.

Un der Strauß auch, der hat fuffzehn Killo verlorn letztesma, aber zwei Zentner hatter immer noch, trotzdem stand inne Zeitung, man säh gezz richtich widder sein Gesicht, nuja, datt wär ja aunnich gleich nötich gewesen, immer übertreiben. Dem Bangemann sein Gesicht sieht man ja aunnich. Der kann sich scheinz ne Kur nich leisten, weil de FDP nich genuch Parteispenden kricht un datt mitte Finger innen Juwelenladen hat ja aunnich geklappt. Komisch, beide Grün is so dick keiner, velleicht dattie Körner doch gesünder sind?

Gott, mir isset letztlich auch egal, der vorge Kanzler konnte Orgel spielen, der hier futtert ehmt lieber, un de Zeitungen freuen sich: endlich ma watt anderes wie immer Mord un Totschlach un Streik un Rüstung un Waldsterben, nein, sechs fabige Doppelseiten, Kohl speckt ab an Wolfgangsee, vorher, nachher, alle Jahre widder. Sein wer froh, wennet mehr über den nich zu berichten gibt.

4 Stück saure Nierchen

Formaldehütt

Jaja. Im Waschpulver isset drin. Inne Seife isset auch drin, un in Shampong soweso. Inne Filzstifte isset drin un inne Gummihandschuhe, inne Autoputzsachen un in Leder für zum Weichmachen, in Klebstoff un in Schuhkreme isset auch drin – man siehtet nich, aber et is überall drin un krisse sofort Krebs von oder et juckt. Alles wegen dies Formaldehütt. Bisher waret immer jahrelang Atom, nä, alles atomverseucht un radioaktiv, dann Dioxin wo de hinkucks, wenn einer ein klein Pickel auffe Nase hatte, isser sofort nache Gesundheitsbehörde hin un die ham dann den Gaaten umgegraben un gekuckt, ob datt Reihenhäusken vielleicht aufne Müllkippe mit Dioxinfässer steht. Un wie wer uns am Dioxin grade gewöhnt hatten, hamse datt Formaldehütt ausse Kiste gezogen un ham gesacht, hier, Leute, da habter gezz watt, watt wirklich in alles vorkommt, watter so in Haushalt benützt, nu dürfter alle krank wern un wißt soga warum, weil endlich gibtet ma watt, watt garantiert schuld is an Haarausfall un Durchfall un wenn ein sonz schlecht wird, liecht alles an dies Formaldingens, so eimfach is datt.

Dabei kann datt aame Zeuch alleine überhaupt nix dazu. Kuckense sich doch bloß ma ein normalen Haushalt an, un dann sagense mir, wofür ein Mensch Weichspüler anne Wäsche braucht, könnse mir datt sagen?

Könnse nich. Aber inne Werbung ham deutsche Kinder de deutsche Mutter scheinz bloß lieb, wennse Weichspüler auffem Handtuch getan hat un aus kein andern Grund. Un für watt brauchense WC-Spray? Könnse nich anständich lüften? Un Insektenspray? Gibtatt keine Fliegenklätsche? Nein, für alles Spray, pffft, pffft, un dann wundern wer uns, wenn wer Ausschlach kriegen. Rotweinflecken auffe Dammastdecke – geht scheinz aunnimmehr mit Salz weck, muß Fleckenentferner drauf, un watt is da drin? Richtich! Formaldehütt.

Un statt dattse den Fleckenentferner weglassen un ma gütichst mitte Nagelbürste un kalt Wasser en bißken rubbeln, wird auffen aam Formaldehütt rumgetrampelt als wäret an alles schuld. Isset aber nich.

Datt is der Spaß, den de deutsche Hausfrau an WC-Reiniger hat, datt is de Küche, die angeblich blitzeblank sein muß, weil, wenn der Gatte sich nich inne Kacheln spiegeln kann, suchter sich ne Geliebte, un die suchter sich soweso, wenn de Gattin kein Intimspray nimmt. Ja wo sind wer denn?! Davon wern wer krank, un nich von dies bißken Formaldehütt. Aber Hauptsache, et hat immer alles en schemischen Namen un et heißt nie so wie du un ich, nä?

Robotter

Gezz gibtatt schon so Robotter, die im Haushalt rumrenn! Also, ich staun ja immer widder, watt sich Menschenhand so alle ausdenkt, Sie. Is datt nich unglaublich? Son Kerl aus Blech un Eisen, un wennzen Stecker reintus un drücks auffem Knopp, gehter hin un macht den Backofen an – ja, gezz sind Sie dran! Ich würd ja verrückt wern, wenn ich sowatt inne Küche hätte, ersma hättich Angst, dattich da dauernd ein gewischt krich, wo der doch unter Strom steht, nä, un dann – der stehtoch im Wech rum!

Stellense sich vor, Sie sitzen grade inne Sitzecke un trinken sichen lecker Täßken Kaffee, da kommter Eisenkerl un fängt am staubsaugen, weil Sie datt irgenzwann ma einprogrammiert ham, un da kennter nix, datt machter dann. Un wennze dich dran stößt, hasse blaue Flecken, nä, gehnse weck! Un wenn der aabeitet wie en Mann un Wasser schleppt un Holz hackt un watt weiß ich alle, wer garantiert mir, datter mich nich auch auf eima mit seine Eisenfoten wie en Mann im Hintern kneift? Hu, da wärich richtich bange für so ein. Gezz gibtet schon welche, da kannze «kusch» zu sagen oder «ab», un dann gehter inne Ecke wie en Hund, un wennet ein englischen Robotter is un du sachs «home» zu den, datt heißt «nachhause», dann stellter sich von alleine mitten Rücken anne Batterie für zum Aufladen, is datt nich unheimlich alle? Nä! Son Kerl möcht ich für kein Geld inne Welt inne Bude ham, nich ma für geschenkt. Datt is ja wie inne Horrorfilme, wenner ma schlechte Laune hat, schubster mich noch von Balkong – nix.

Auch so Compjuter inne Küche, willich aunnich ham. Ich kann doch selbs kucken, ob der Kuchen gar is! Die Maatina Rummenigge, nä, die ham doch da ne Willa in Italien, der Kalleinz un sie, un da hatse inne Küche en Compjuter, hatter Scheff von Inter Mailand da reinstelln lassen, dattet der Kalleinz schön hat un orntlich Tore schießt. Un dem sachtie gezz, wanner de Spaghetti aufsetzen muß. Statt dattet Compjuter gibt als Ersatz für verletzte Spieler! Die ham doch dauernd alle watt am Knie oder sonz wo, da wär doch son Robotter gut, wird nich krank, kann immer schießen. Oder auch inne Regierung – wär doch schön, wenn sich der Heiner Geißler zuhause gemütlich im Sessel setzen unte Klappe halten könnte, un auffe Pressekonferenz hamsen Robotter, der sieht aus wie er un sacht all die Sprüche, die der immer so draufhat.

Obwohl – gezz denk ich mir grade so –, ob datt velleicht schon so is un wir ham datt nur nonnich gemerkt?

Sehnse, ich sach ja, is unheimlich, datt ganze Thema.

Weinskandal

Du liebe Güte, watten Theater wegen diesen gepanschten Wein! Gift wär da drin, sagense. Ja könnse mir ma irgenzwatt sagen, wo heutzutage kein Gift drin is? Zigaretten krisse Krebs von, ausse Klimaanlage kommte Legionärskrankheit, inne Holzbalken is Formaldingenskirchen, inne Blutkonserven is Aids, in Katoffelsalat aussen Eimer sintie Salmonellen drin, in Gaaten lagert Dioxin, inne Luft is Schwefel, in Gemüse is DDT, innet Fleisch sind Hormone, diese vorher inne Kälber spritzen, inne Fische is datt Altöl ausse Nordsee, un da wollnse ausgerechnet sauberen Wein, ja ich bitte Sie, wo soll der denn herkomm? De Schemiker wolln auch watt zu tun ham, sonz kriegen wer ja noch mehr Aabeitslose. Sonz könnde Leute vonne Gifte immer nich genuch kriegen un hier auf eima wernse histerisch, wo sind wer denn. Rauchen, mitte Kraftwerke inne Gegend rumstinken, aber wenn en bißken Frostschutz inne Weine is, drehense durch.

Sollnse doch froh sein, ich sach schon zu mein Gatte, Willi, sarich, kauf, watte kriegen kanns von diese österreichischen Weine, nachher kommt nomma son kalten Winter wie der letzte, un so billich krisse Frostschutzmittel doch nie wieder, nä! Man muß bloß datt Beste draus machen. Komisch is ja, datt ausgerechnet der Wein mitte viele Schemie drin so billich is, nä. Früher dachtich immer, wenn watt billich is, dann kann ga keine Schemie drin sein, weil, datt kostoch alle Geld, aber heutzutage is de Schemie billiger wiede Natur, kannze ma sehn.

Hamse gelesen, diese Gebrüder Grimm – nä, nich Grimm, datt waan ja die ausse Märchen, wie heißen die, auch märchenhaft gedenfalls – ja, Grill, nä, Gebrüder Grill aus Fels am Wagram, die solln hunderttausend Litter jeden Monat gemacht ham, wo fast ga kein Wein mehr drin wa, bloß Wasser un Zucker un Gelantine un Frostschutz un sowatt alle, kost pro Litter 42 Fennich, abfüllen, Etikett mit Goldrand drauf un viel Schmonses wie «Prädikatswein» un «Beerenauslese» un watt weiß ich noch alle, Preis drauf, vier Maak noch watt un ab am dusseligen Verbraucher, der schluckt alles, anne Fleischklopse von MäcDingens hatter sich ja auch schon gewöhnt. Im Fernsehn hamse gesacht, wennze son Wein has, nä, bloß nich im Klosett kippen, der is nemmich so giftich, dattie Kläranlagen datt nich schaffen den widder rauskriegen ausset Wasser, in Österreich sintie Seen ja schon überm Jordan, wose datt alle reingekippt ham. Also, datt Beste is: trinken, Augen zu un runter damit, da müssen ehmt ma de Leber untie Niere dran am Entgiften, wofür ham wer die, un watt dann als Pippi widder rauskommt, datt is fürde Umwelt nich mehr so giftich, verstehnse . . .

Irgenzwo freu ich mich ja auch überm Weinskandal, Sie. Gezz wernse aufpassen, die Brüder alle, gezz kriegen wer wahscheinz jahrelang nix Saubereres wie Wein zum trinken, weilse alle Angst ham, datt ihnen einer auffe Foten kuckt. Wir brauchen scheinz immer ersma son Skandal, dattet dann widder klappt, mitte Nudeln ja genauso. Da traunse sich auch vorläufich keine faulen Eier mehr reinschmeißen, passense auf. Ma kucken, watt in Deutschland ers noch widder alle passieren muß, bisse in eine bestimmte Behörde watt davon merken, wieviel Nazis wer schon widder rumzulaufen ham – DIE Behörde is scheinz noch tiefer am schlafen wie die mitte Nudeln unten Wein ...

Sport macht krank

Gestern kommter Sohn von Kaatenkämpers im Laden un is am humpeln mit Gips un alles, ich sach Ferdi! watt hastu denn gemacht? Och, sachter, ich wa doch Schifahn, un gezz is de Kniescheibe am Aasch.

Ich sach Ferdi! ein erwachsenen Mensch wie du un stellt sich mit 1 m 80 auf zwei schmale Brettkes un saust überm Eis de Hänge runter, un dann wundersse dich noch, dattat nich gutgeht, datt sacht ein doch der Verstand schon.

Ja, Frau Stratmann, sachter, hinterher is man schlauer wie vorher, nä, aber ich dachte ehmt, Sport wär gesund. Ferdi, sarich, wer hattir dattenn erzählt? Et gibt überhaupt nix, watt ungesünder is wie Sport. Kuck, der olle Metzkowitz, springt auffe Tennisplätze rum wie Boris Dingens, statt datter gemütlich mit sein Dackel spazierengeht, un watt hatter? En Tennisaam. Un die kleine Gisela mitte dünnen Haare von gegenüber, da wase auf Mallorca in ein Taucherkurs, ja, hasse die schomma gesehn danach? Datt lohnt sich aber! Ganze Gesicht wien Streuselkuchen, weilse ne Allergie hat vonne Taucherbrille, un datt eine Trommelfell is auch inne Binsen. Un der Horsti Feldmann hattet anne Nieren von seine Farradfahrerei, un sein Handgelenk kanner auch vergessen, aber datt is entzündet vonne Videospiele, wo er in diesen dösigen Spielsalong unten anne Ecke jedem Ahmt drei

Stunden am Steuerknüppel sitzt un Späce Inväders ab am wehren is, un sein Vatter hat sich bein Fußball datt Bein gebrochen un sein Bruder, der kleine Detleff, der hattet anne Hand: Frisbiefinger, sachter Dokter, vonne Frisbiescheibe aufgescheuert, ja, un datt soll noch Freizeitvergnügen sein?

Alles ungesund, wosse hinkucks: inne Disco wirsse schwerhörich, bein Sörfen krissen Sörferknoten im Knie unne Schleimbeutelentzündung, un ich hab immer gedacht, gut, datt mein Willi kein Sport macht, der sitzt bloß ahms vorde Fernsehkiste un is Sport am kucken un staunt, wattse sich alle beide Turnerei de Knochen kaputtmachen, ja, un watt wa neulich? Er mußte nachen Aazt hin wegen seine Beine, un wissense, watter hat? Venenthrombose wegen de Ruhestellung vonne Beine bei stundenlangen Fernsehkonsum.

Datt einzich Gesunde, wattet scheinz noch gibt, is als Hausfrau den ganzen Tach Treppe rauf, Treppe runter durche Gegend flitzen ...

100 g Herz

Liebesbrief

Willi is neulich mitte Kegelbrüder nach Paris, nä. Mir hattat eintlich ga nich gepaßt, watt wolln die Kerle in Paris? Kann ich mir schon vorstellen, wattie da machen – Muleng Rouge, Follie Dingens, de Beine hoch un jupp-heißa, nä – Frauen kucken, die vorne zwei Magerritten hier ohm ham un unten en bißken Glitzer un hinten rosa Federn, kennich doch. Un dann kommse zurück un wolln dich auch so haben un du sollz seidene Wäsche un Strapse anziehen, in Wanne-Eickel.

Eine Woche Paris. Richtich draufhauen wolltense, durche Gemeinde ziehen un Künstler kucken, Mong-matre, Midinette, kennt man ja alle, die Flittchen. Ich mein, ich wa noch nie in Paris, aber da brauch ich ga nich hin, datt kann ich mir auch so vorstellen, un dattie nich nachen Eiffelturm unte Mona Lisa in Museum hingehn, weiß ich auch, also kurz un gut, mir wa datt ga nich recht, datter nach Paris is, der Olle, nä.

Ers dachtich: Och watt schön, datter ma weck is – kein Qualm inne Stube, keine Socken fliegen rum, ich kann de Zeitung lesen eh erse durchenander gemacht hat, ich kann im Fernsehn kucken wattich will un muß nich immer Kohl un Bundesliga un sowatt alle einschal-ten, wunderba. Un dann auf einma warer mir doch am fehlen. Ich weiß aunnich warum – aber man is so ge-wöhnt an den Mann, nä, sippzehn Jahre – ich bitte Sie, da gewöhnze dich an alles. Un auch wennich so an Paris gedacht hab ... also, gerne habbich da nich dran gedacht. Un nu wußtich ja datt Hotel, wose waren, nä, Adresse un Tellefon. Tellefon fällt flach, musse französisch sprechen, kann ich nich un is auch zu teuer, aber ich denk so, Else, schreim könnze domma, kost achtzich Fennich, Umschlach hasse aunnoch da, un velleicht freut sich der Olle, wenner Post kricht. Un dann habbich mir so vorgenomm, dattich den gezz ein richtigen Liebesbrief schreib, datter dadran denken muß, wenner sich auffe Straße grade nach son blondes Gift umdrehen will – sintie da eintlich blond in Frankreich oder mehr so schwatt? Weiß ich gezz ga nich ...

Na, egal, ich mich hingesetzt, nä:

«Mein Williken».

Kam ich mir schon blöd vor. Ich bitte Sie, der Mann wiecht 86 Killo, un dann «Williken», datt geht ja aunnich. Also, durchgestrichen:

«Mein lieben Willi. Na, wie isset?»

Wie ich datt geschriem hab, wußtich schon, watter denkt, wenner datt liest, nä – dattselbe, watter auch immer sacht, wenn einer kommt un sacht: Na, Willi, wie isset? Dann sachter immer: Wie sollet sein?

«Mein lieben Willi. Na, wie isset? Hoffentlich bisse nich dauernd am saufen da in Paris ...»

Nä, denk ich, datt kannze nich schreim, dann hasset gleich versiebt, natürlich saufense, sintoch Kegelbrüder, deswegen sindse ja schließlich hingefahrn, wegen den billigen Rotwein. Ich weiter:

«Ziehsse auch jeden Tach en frischet Hemd an, datte nich wie son Schlönz rumläufs? Ich hab dir genuch eingepackt, un tu im Ausland auch jeden Tach neue Socken aussen Koffer, wennze ma'n Unfall has, datte Dich nich schäm muß.»

Herrjeh, habbich dann gedacht, wie ich mir datt so angekuckt hab bis dahin, en richtigen Liebesbrief is datt ja nu nich grade, gezz schreib ma, datter dir fehlt oder sowatt –

«Du fehls mir, Willi, weil gezz hamwer nachts schon en bißken Frost un keiner da, der de Blumpötte von Balkong im Keller trächt, mir is datt zu schwer un Du has Dich ja ma widder schön verdrückt.»

Wa aunnix von Liebe! Datt is aber auch schwer, Sie. Ich mach doch sowatt sonz nie. Also, nomma ran, ich habbet wirklich versucht:

«Williken», habbich geschriem, «gestern habbich den Fritze Klapkarek getroffen, wo die Eltern datt gekachelte Geschäft anne Ecke von hatten, der issen ganz fein Pinkel geworden un aabeitet auffe Schreibstube bei ein Kohlenhandel in Bergeborbeck, ganz geflecht sah der aus, nich so wie Du immer ...»

Ja, un dann habbich et aufgegehm, nä. Wurde nix mitten Liebesbrief. Ich hab dannoch geschriem, datter nich soviel rauchen soll un nich jede Nacht auffem Kopp hauen, er wüßte doch, watter Aazt gesacht hat un so jung, wie er immer tät, wärer aunnich mehr. Un datter mir Pafőng mitbring soll un ja den guten Schal nich irgenzwo inne Wirtschaft hängenlassen, «viele Grüße, immer Deine Else». Achtzich Fennich drauf un ab damit. Stand zwa nix von Liebe drin, aber ich dachte so, wenn der Mann nich ganz dösich is, dann merkter, dattat watt mit Liebe zu tun hat, wenn ich überhaupt schreib. Habbich recht? Sehnse.

Kur

Gestern is unser Berta ma vorbeigekomm, ich sach, meine Zeit, Berta, watt siehstu schlecht aus, hasse watt, bisse krank?

Nä, sachtse, Else, ich wa doch auf Kur.

Auf Kur? sarich, ich denk, da wird man gesund von un nich krank, wo waasse denn? Anne Nordsee, sachtse, un dann mußtese sich ersma setzen, so schlapp wase.

Ich sach, anne Nordsee, datt is doch gesund, hasse dich denn ga nich erholt? Die ham doch de gesunde Luft da ohm, hasse denn nich feste durchgeatmet?

Else, sachtse, durchatmen, da kommze doch ga nich zu, is doch alles Stress, sonne Kur. Morgens musse ganz früh ausse Federn, un dann gibtet ersma Anwendungen.

Wattenn für Anwendungen, sarich.

Ja, sachtse, alles, watt so gesund fürm Mensch sein soll, mit Matsche vollpacken un mit kalt Wasser beschütten un kneifen un kneten, un danach bisse fix un fertich, datt sarich dir. Dann is Ruhepäusken auffe Zimmer mit haate schmale Betten, kannze soweso nich drauf schlafen, un auffem Flur rennse hin un her, un wennze grade am Dösen fängs, klingeltatt un gibt Essen. Der Speiseraum, da gehn dreihundert Mann rein, un alle am husten un am röcheln, weil die sind ja alle wegen de gute Luft da un nich aus Jux un Dollerei. Gesunde siehsse da nich, Else, bloß Kranke, un datt geht schomma auffem

Gemüt, kannich dir sagen. Nachen Essen is dann Mittachsruhe, in der Zeit tunse auffen Korridor bohnern, muß ja aumma gemacht wern, un danach inhalieren in so Zimmer mit Nebeldampf, un ahms dann immer bunten Ahmt, un jeder Tisch mußte sich watt Lustiget ausdenken, also meinzwegen alle Herren als Damen verkleiden oder sowatt, verstehsse, ehmt mehr so lustich. Un wenn nich bunter Ahmt wa, dann Kegeln oder mit Tanz, vor zwölf Uhr bisse nie im Bett, un datt drei Wochen, Else, da bisse urlaubsreif nach.

Ich sach, Berta, datt gibtet donnich, un für sowatt zahltie Kasse? Für son Remmidemmi? Un wenn ich gezz mit mein Willi zwei Wochen schön still nachen Schwaazwald hinfahr un mich da schön erholen tu, dattich hinterher fürde Volkswirtschaft widder intressant bin, da zahlense kein Fennich für, weil datt nich ihr Kurheim is mit Bohnern un bunten Ahmt un Remmidemmi. Velleicht tätense in ihrn Sozialstaat ja domma ne Fachkraft brauchen, die da drübber nachdenkt, watter einzelne Mensch braucht un watt nich.

Geliebte

Willi, sarich neulich ahms ma so ganz nehmbei zu mein Gatte, hasse datt gelesen, watt furchba: jeder dritte Ehemann hat ne Geliebte.

Er sacht nix, nä, liest sein Sport.

Ich sach: Jeder dritte! Möchtich ja domma wissen, der wievielte du so bis.

Der Mann kann ja stur sein, wenner watt nich hören will, nä.

Willi, sarich, ich mein, nu hastu et ja auch wahhaftich nich nötich, fremdgehen. Du has ne gute Gattin, fleißich, spaasam, treu, Figur is aunnonnich inne Binsen, aber ich mein nur so, könnztu dir vorstelln, dattu ne Geliebte hätts? En Krösken mit eine, die meinzwegen zwanzich Jahre jünger wär wie du?

Er geht inne Küche, nä, holten Bier, setzt sich widder un kuckt mich so schräch an. Brauchze ga nich so schräch kucken, sarich, du has genau gehört, wattich gefracht hab, un außerdem möchtich die ma sehn, die zwanzich Jahre jünger is wie du un dein dicken Bauch un deine Schluffen herrlich find, die möchtich domma sehn, datt muß ne ganz schön dösige Hippe sein, die.

Watt bisse denn so kiebich, sacht Willi, nu habbich noch ga keine, un du bis schon eklich mitse.

So fang auch an, sarich, komm du mir ja nich nachhause mit son blondes doofes Gift.

Nachhause soweso nich, sachter finnich.

Ich sach, oder so mit Lippenstift anne Backe un Haare auffen Kragen, mein ja nich, ich merk datt alle nich, da kannze dann datt Echo aber nich vertragen, datt sarich dir im Guten.

Watt seiter denn eintlich rum am zanken, sacht unser Inge plötzlich. Is donnoch ga nix im Busch, Mamma, un wenn, meine Zeit, erstens passiertatt inne besten Kreise, wenn de Männer inne Jahre komm, kuckse doch alle an, un zweitens, ohne dich kommt unser Pappa doch soweso nich aus, watt meinze, watter schnell widder nachhause kommt.

Datt sach nich, sacht Willi plötzlich.

Watt soll dattenn heißen, sarich, hasse schon Pläne? Meinze, ich merk datt nich, dattie Dohrenkamp bloß wegen dir jeden Tach im Laden kommt unnen Achtel feine Leberwurst kauft un rumsäuselt, meinze, datt merk ich nich?

Wennzet merks, dann frach nich, sacht Willi, un du weiß auch, dattie immer so kuckt un dattich bis gezz nonnich zurückkuck, datt weißtu auch. Aber wennze mich noch lange ärgers, dann kann datt schomma sein, dattich doch zurückkuck.

Gezz hörnse sich sowatt an! So sintie Männer, einer wie der andere. Un hinterher willet immer keiner gewesen sein. Watt sollich gezz machen, sollich so tun, als wär nix, wenn die Dohrenkamp widderkommt? Oder soll ichse rausekeln un sagen, Frolleinchen, tunse ma Ihre klebrigen Blicke von mein Gatte runter? Oder sollich eimfach mit Willi ma widdern bißken lieber sein, datter nix nötich hat? Oder soll ich mir selbs ein suchen, datter eifersüchtich wird?

Nä, watt is datt alle kompleziert. Un datt bei jeden dritten ... un meiner muß natürlich ausgerechnet der dritte sein. Der zweite hättet doch auch getan.

Kreuz des Glücks

Also, datt is furchba an mir, datt ich an kein Stand auffen Maakt oder in Kaufhaus vorbeigehn kann, wo einer watt an am preisen is, also meinzwegen diesen Teppichschaum, wosse alle Flecken mit rauskriss oder den Zauberstab der Hausfrau für alles mit zum machen oder datt Wunderküchenmesser un sowatt alle – ich muß da eimfach stehnbleim, schon, weil die immer so schön reden, die eim sowatt andrehen. Un dann sarich mir ers noch, Else, sarich, komm, datt is datt Aabeitslosenbeschaffungsprogramm, dattse da ein hinstelln, der mittatt Wundermesser den ganzen Tach Rotkohl schnibbeln muß, son Messer brauchstu nich, weck gezz hier – ja, flöt. Nach zehn Minuten habbich et gekauft, egal, wattet is, nä, un zuhause könntich de Bäume raufgehn vor Wut.

Zum Beispiel der Kerl mitten Teppichschaum, nä – der hatte inne Kaufstätte ein Teppich, also der wa sowatt von schwaaz, aber sowatt von schwaaz, schwärzer ginget ga nich, un er, nä, bißken Schaum ausse Dose drauf gesprüht, einziehen lassen, mitte Bürste drübber, runtersaugen – Sie – der Teppich: schneeweiß. Wie ich et sach: schnee-weiß. Datt glaubsse nich, wennzet nich selbs siehs. Ich den Schaum sofort gekauft, nä, zuhause auffem Wollteppich mittat Orientmuster von Kastadt gesprüht, weil sollte ja auch de Faaben widder auffrischen. Ja. Von wegen. Da anne Stelle, wo ich datt hingesprüht hab, sind gezz keine Faaben mehr. Keine Faaben un kein Orient, dafür en klein Löchsken, unte Düse vorne anne Sprühdose wa auch verstoppt, ich nächsten Tach sofort widder hin nach den Kerl – warer weck. Die sind ja immer den nächsten Tach weck, da leben die von. Is datt nich zum Bebaumölen? Un ich fall immer widder drauf rein.

Aber gezz habbich watt Neues, Sie, in meine Herzenszeitung is ne Anzeige, eine Seite, Kreuz des Glücks, nä. Kreuz des Glücks, datt sollich mir kaufen un umhäng, gestern verschuldet, heute Millionär wegen unser 1 a Glückskreuz, Glück is nich für wenige reserviert, tragense unser Kreuz der tausend Wohltaten immer ummen Hals un se wern auch so furchba glücklich wie Frau G. aus W., «In den Moment, wo ich datt Glückskreuz um mein Hals hatte», schreibtse, «fühlte ich mich wohl un krichte mein Führerschein.» Oder hier, nä – einma Glückskreuz getragen, schon im Lotto gewonn! Oder: «Mit Ihr einzichaatiges Glückskreuz stand ich nach ein Sturz vonne Betongtreppe auf un wa nich verletzt», Herr B. aus H.

Nuja. Also, ich mein, wenn watt dran wär an den Kreuz, dann hätte der Herr B. ja ga nich ers de Treppe runterfallen dürfen, so gesehen – soll ich datt nu bestellen? Kost 49,95 Maak, un 9,50 Maak extra für de Kette, wo et dranhängt ...

Dann hättich Glück un Wohltaten un alles ...

Else! Lasset! Sei gescheit, komm, is doch alle Kokkelores, denk am Teppichschaum, un datt Wunderküchenmesser hat auch nur drei Tage geschnitten. Nachher kaufze datt Glückskreuz, un watt is? Fällze sofort ers ma ne Betongtreppe runter! Alles Beschiß, datt ganze Lehm ...

Männermode

Ich sach zu mein Gatte, Willi, sarich, datt sarich dir, diesen Herbst läufztu mir nich mehr in diesen zammeligen Mantel rum, gezz gehn wer endlich ma nach C un A hin un kaufen dirn pa neue Klamotten.

Ich mein, ich seh et schon, sacht unser Inge, der ziehtoch seine ollen Plörren an, bisse ihm in Fetzen vonne Aame fallen, un in watt Modischet krisse unsern Vatter soweso nich rein.

Ich sach, meine Zeit, muß ja nu nich der letzte Schrei sein, aber ich geb mir doch auch Mühe, da könnter doch aumma watt auffem Äußeren geben, Willi, sach watt.

Watt sollich sagen, sachter, mir gefällter alte Mantel gut, aber ihr habt ja scheinz schon beschlossen, dattich gezz als Prinz gehn soll.

Siehsse, sacht unser Inge, watt sarich, der hörtoch nie auf datt, wattie Mode diktiert.

Mir hattie Mode nix zu diktieren, sacht Willi, ein für allemal, in irgenzwelche Sperenzkes, karierte Buxen oder sowatt, da kricht ihr mich nich rein, datt sarich euch.

Datt sind keine Sperenzkes, sacht unser Inge. Meinze, ich würd mein Pappa nich aumma gern en bißken schikker sehn, wofür gibtatt denn die Herrenmode, die denken sich doch auch watt. Hüte zum Beispiel, Pappa, warum hasse nie ma son Hut, datt trächt man gezz als Herr.

Ja, sacht Willi, datt fehlt grade noch, ich mitten Hut, un an jede Ecke treffich Kundschaft un mussen dauernd ziehn un den Leo machen, nix.

Meine Zeit, watt bistu bockich, sacht unser Inge, Härrison Ford geht nich ma im Tempel des Todes ohne Hut rein, un du –

Ich kenn kein Härrison Ford, sacht Willi, un watt soll ich im Tempel des Todes? Wo soll dattenn sein?

Indiana Jones, sachtse, weil ihr auch nie im Kinno geht, immer bloß Fernsehn. Der Härrison Ford hat in Indiana Jones immer son schön Hut auf, un überhaupt, warum hasse eintlich nie ma rostfaabene Hemden un son schön Sakko mit breite Revers unne Bundfaltenhose, datt fändich geil, echt.

Geil, sacht Willi, datt fehlt noch, laß datt nich deine Mutter hören.

Ich habbet aber doch gehört, ich sach, Bundfaltenhose musset ja nu grade nich sein, aber ma so schön mit Schlach unten un Feffer un Salz, wär datt nix?

Deine Schlipse sind auch alle zum Sterben, sacht unser Inge, da hat man gezz Leder un ganz schmal, aber nich zehn Meter breit wie du un Streifen drauf, un nie hasse ma son Mantel aus Wintercotton mitte verdeckte Knopfleiste, da habbich welche gesehn in Mahagoni un Palisander.

Palisander, sacht Willi, wa unser Mutter sein Schlafzimmer, so lauf ich nich auffe Straße rum, un die Schlipse bleim genau so, wiese sind. Else, sachter, Schluß, nix, ich brauch kein Mantel, mir reichtatt, wattich hab un wenn ich watt brauch, bestell ich et aussen

Kattaloch, ich kenn dich, du willz doch bloß ma widder inne Stadt un für dich nache neue Mode kucken, dann geh un kuck, aber laß mich in Ruhe.

Un da schreimse, der deutsche Mann wär modebewußt! Wose datt bloß immer herhaben. Willi Stratmann kenn die jedenfalls da beide Zeitung nich, soviel is kla.

Stücksken Dauerwurst

[illegible]

machten [illegible] [illegible]

Kotter ge[illegible] [illegible]

vergessen [illegible] en de [illegible] nach reine [illegible]

müsse d[illegible] [illegible] [illegible] hat abe[illegible]

jeder [illegible]

Vorm Urlaub

Urlaub is ja gut un schön, nä, aber jedesma vorm Urlaub binnich sowatt von fix un fertich, datt ich mich lieber auffem Friedhof legen würde wie am Strand von Rimmini, glaumse datt? Ers musse Kochwäsche schleudern machen bis zum Gehtnichmehr, muss alles bügeln un im Koffer packen un widder auspacken, weilze de Hälfte vergessen has, un dann passen de Schuhe nich rein, dann musse de Bude so zumachen, dattse zu is, datt aber nich jeder Einbrecher sieht, datta keiner is. Dann musse dafür sorgen, dattie Post nu nich drei Wochen sich auffe Matte stapelt, un wennze deine Nachbarin endlich so weit has, dattse dir de Post reinlecht un de Blum gießt, dann musse de ganze Wohnung nomma durchforsten un alles wegpacken, wattie Olle nich sehen soll. Un dann die Einkauferei vorher – ohne sein Bier fährt Willi ja nirgends hin, nä, ander Bier, sachter, wird ihm schlecht von, er muß seine Maake ham, also muß datt Bier her, un Sauerkraut un Dauerwurst, dann sinte Pässe abgelaufen un de wichtichsten Sandalen sind noch beim Schuster, un so gehtatt bis auffe letzte Minute, un wennze endlich auffe Autobahn bis, denkze, meine Zeit, habbich gezz datt Bügeleisen ausgemacht oder nich, aber dann isset zu spät, nä.

Warum fährter Mensch eintlich in Urlaub, könnse mir datt ma sagen? Is teuer, is Aabeit vorher un Aabeit nachher, ers ma musse hin un has sechzich Killometer Stau, weilse de Bauaabeiten auffe Autobahn ja immer nur in Sommer machen, wennze endlich angekomm bis egal wo, sind schon massenhaft Leute da, die dattselbe karierte Kleid vonne Kaufstätte ham wie du un die dattselbe Bier wie Willi trinken un ahms spieln wer alle Skat un komm spät im Bett un sind am nächsten Tach kaputt, bloß, dattwer dann nich im Geschäft müssen.

Jedes Jahr denk ich: Am schönsten wäret zuhause auffen Sofa. Aber datt kannze nich machen, erstens kukkende Nachbarn blöd un denken, du könnz dir nix leisten, zweitens wärs du dann die Bekloppte, die für alle andern de Blum gießen müßte un schließlich is da auch kein Meer, nä, un Meer muß ja sein im Sommer, oppe schwimm kannz oder nich, ich kann nich. Willi is datt Wasser zu kalt, aber er kuckt schomma gerne all de schön Mädchen, die so an Strand rumlaufen, un wie ich datt so seh, wird sich datt nie ändern: jeden August widder Urlaub, da müssen wer durch wie Weihnachten un Finxten, datt is ehmt der moderne Mensch.

Hach, ich wünschte, ich hätt auch ma son Gemüt wie unsern Bundeskanzler, der datt alle immer so richtich genießen kann – aber manchma denk ich: Vielleicht tuter auch nur so un wär auch ma lieber zuhause auf sein Balkong als immer un ewich in Wanderschuhe an Wolfgangsee. Ob die Betten da überhaupt lang genuch sind für den? Datt is nemmich auch immer noch son Problem inne Fremde, de Betten. Aber nein, der Mensch, statt dattert sich gemütlich macht, machter Urlaub, nä, Könige un Kanzler un wir auch. Manchma glaub ich, Urlaub hamse bloß erfunden, dattwer hinterher widder wissen, wie schön wer datt zuhause eintlich ham.

Karneval

Karneval is auch nich mehr, wattet ma war, oder? Kukkense sich doch de Welt an – der Wald is am sterben, überall sindse auf am rüsten, und dann soll ich mirn lustich Hütken aufsetzen un helau schreien? Ja, wo sind wer denn. Andrerseits, nä, so daaf man datt aber auch alle nich sehn, immer bloß jammern, datt bringtet auch nich, un unser Oppa hat schon immer gesacht: Spaß muß sein beide Beerdigung, sonz geht keiner mit. Aber gezz kuckense sich den Karneval ma wirklich an – datt is ne ernste Sache, Sie. Alles Uniformen schomma, Orden, Märsche, Tusch, un zackich zutrinken un alles auf Kommando, alles mit Schmiß un Schmackes. Beide Büttenreden is auch genau immer vorgeschrieben, wosse klatschen muß, also datt ja keiner anne verkehrte Stelle lacht un so – waatense, wie wa datt nomma neulich auffen Prinzenempfang? Ach ja, hat einern Witz erzählt, da sachter eine Mann: Meine Frau issen Engel. Sachter andere: Hastu et aber gut, meine lebt noch. Un dann machense immer schnell tätä, tätä, damittat kla is, dattat gezz der Witz wa, nä.

Datt wa überhaupt sonne Sitzung, Sie – kam gleich einer mitne Uniform unnen Säbel um un schrie: «Kuscher un Filister heute ahmt raustreten ausse Halle, un gezz den tapferen Streiter, den Gott Jokus, ein dreifachet helau geschrien, helau, helau, helau!» Un Willi sacht, wie dammals bein Barras, nä, nur hießet da statt Obernarr schomma Feldwebel, aber dergleiche Ton un auch alles Kerle. Aber ich mein, so schlimm waret nich, wa ja auch Lustichkeitszwang, nä, ohne ne andere Nase oder son Hütken kam schomma keiner rein im Saal, un dann geschunkelt un gesungen, Heidewitzka, Herr Kapetän, un datt schöne Lied vonnen Weingeist, der den Pappa in datt Bein beißt, un da schunkelt der hin, un da schunkelt der her, un der Pappa is voll un de Brieftasch' is leer ... datt kennse doch auch, nä? Ja sicher, kennt jeder, is ja deutschen Humor.

Wir müssen ja schon als Geschäftsleute auffe Sitzungen von unsern närrischen Verein, weil der Sohn von den Leiter vonne Filiale vonne Stadtspakasse, der is doch bei uns dies Jahr Karnevalsprinz, verstehnse, un da müssen wer jubeln unnen guten Eindruck machen, sonz läßt dem sein Vatter bei unsern Kredit de Zinsen steigen, so isset doch. Karneval is immer auch Geschäft, machen wer uns ma nix vor, bloß für zum Spaß sitzen de ganzen Politiker nich mitte schlechtgelaunten Gattinnen immer in dies Mainz da rum, wennet widder singt un lacht. Da solln wer immer denken, dattse alle ganz komische Kerle sind, weilse so feste lachen könn über de Büttenreden mitte Witze über de Neger un watt weiß ich alle, un der Zuschauer zuhause, der soll dann denken: och, kumma, der Dingens, dachtich immer, der wär so dröge, dabei is der richtich nett, kannze ma sehen ... Jaaaa! Kann aber sein, datt «nett» bloß dem sein Kostüm is, un in Wirklichkeit isser tatsächlich der dröchste Knochen, der rumläuft un zeichtatt bloß nich, weil wer Karneval ham!

Früher binnich immer gerne gegangen, auch verkleidet, immer als Königin Elisabett von England, nä, olles geblümtes Kleid an, Hut, der nich dazu paßt, Schuhe von vor zwanzich Jahre unnen doofet Täschken, fertich wa de Königin, aber datt macht mir gezz auch kein Spaß mehr. Ich weiß aunnich, watt los is, der ganze Karneval macht mir kein Spaß mehr. Velleicht hattat watt damit zu tun, datte von kaum jemand datt Jahr über nochen wahret Gesicht siehss. Sind soweso alles bloß Masken un Kostüme. Watt brauchen wer da noch groß Karneval für.

Ostern

Ostern is ma immer schön, nä, Frühling un alles. Waatense, wie sprichtoch noch der Dichter: Von Eise befreit sind Ströme un Bäche, nä. Wie gehtatt nomma weiter, datt wa son Gedicht inne Schule immer – durchem Dingens, durchem Frühling sein holden, belebenden Blick. Schön, nä? Blick. Im Tale grünet Hoffnungsglück. Die ham ja ma immer schöne Wörter, so Dichter, nä: Hoffnungsglück. Heute heißtatt Wende, Wirtschaftswende, un nix «im Tale», immer schön aufwärts, nä. Aber datt hatter Dichter dammals auch ganz anders gemeint.

Waatense, datt macht mir gezz direkt Spaß, obbich datt noch zusammkrich: der Dingens, der olle Winter in seine Schwäche – ja, von wegen, wa grade ma widder genuch Winter, dauernd Schnee am fegen, in seine Schwäche – äh – zoch sich in rauhe Berge zurück. Berge zurück. Waatense, watt machter da nomma inne Berge, der Winter? Hach, de Schule liecht aber auch schon sowatt von lange zurück gezz, un datt Jahr, wo wir datt Gedicht lernen mußten, hattich doch en Krösken zu laufen mitten klein Kimmeskamp, der heute beide Versicherung is, da konntich ga nich richtig aufpassen, aber gezz weiß ich et widder, watter Winter da inne Berge macht, watt soller auch schon groß machen: von dorther sendet er fliehend nur, nä – er, datt is dieser Winter –

fliehend nur ohnmächtige Schauer körnigen Eises. Eises. Hatter Dichter so umständlich geschriem: Ei-ses.

Ich mach ja Gedichte zu gerne, unser Frollein inne Schule hat immer gesacht, also Else, wennze alles so schön könnz wie Gedichte aufsagen, dann hättich mein Beruf lieber, unser Else is ja bald selbs en Dichter. Da könnse ma sehn, wie datt Lehm so spielt, inne Jugend Gedichte un heute binnich de Gattin von ein Fleischereifachgeschäft, tja. Ohnmächtige Schauer körnigen Ei-ses in Streifen über de grünende Flur. Nich über den Flur, ers habbich immer gedacht, heißtoch: der Flur. Aber der meintatt mehr so poetisch, die Flur, Wiesenrain un sowatt alle, die Flur, ich glaub, Göthe wa datt, oder Schiller, damals ham die ja aunnoch anders gesprochen wie wir heute, un der Göthe is ja nu auch schon lange tot. Aber datt Gedicht weiß ich noch, kam noch watt mit Sonne drin vor, waatense, lassense mich gezz nich lügen –

Ach ja: Aber de Sonne duldet kein Weißes.

Siehsse, Mamma, habbich als Kind immer gesacht, ich will de weißen Kniestrümpfe nich anziehen, Göthe sacht auch, de Sonne duldet nix Weißes. Wer is Göthe, hat unser Mutter gesacht, et is Ostern, du ziehs die weißen Kniestrümpfe an un fertich. Die mochte ja Gedichte nich so gerne, weilse im Lehm nix nützen, nä, aber unsern Vatter hattat gut gefallen, wie datt Gedicht weiterging, nemmich: Überall recht sich Bildung un Streben. Hörsse, Else, hatter immer gesacht, wer immer strebend sich bemüht, tu du schön lern, dann kannze eines Tages en Bauspavertrach ham un muß dich nich krummlegen, wie Göthe, der wußte datt.

Ach, gezz fällt mir ein, wie datt Gedicht weiterging, un datt mochtich immer so gerne: Alles willse mit Faabe beleben, sie, datt is gezz noch de Sonne, nä, aber gezz passense auf: Doch an Blumen fehlts im Revier, sie nimmt geputzte Menschen dafür.

Da is watt dran! Der kannte scheinz Bochum un Wanne-Eickel, der Göthe, der wußte, datt hier im Revier nix wächst, obwohl, heute isset ja en bißken besser, aber Blum im Revier is so dicke immer nonnich.

Ja, un dann ging datt Gedicht noch stundenlang weiter, nä, krich ich auch nich mehr zusamm ... kehre dich um, äh, diese Höhen ... musse nache Stadt hingehen ... finstern Tor, Gewimmel hervor ... un am Schluß kommtann dies schöne Sprüchsken, hatter Göthe da fix mit eingebaut un gleich verbraten: Zufrieden jauchzet groß un klein, nä, hier binnich gezz Mensch, hier daaf ich datt gezz sein.

Schön, nä? Bleibense Mensch. Da hatter Manger datt her, von Göthe. Dann ma frohe Ostern, nä. Un bleibense Mensch.

Finxten

So Feiertage, die habbich immer sowatt von dick, kann ich ga kein sagen. Fürde Hausfrau is datt alle soweso der reinste Fluch, nä. Ers schleppze dich kaputt mitte Einkaufstüten, dann musse de Bude wer weiß wie wienern, datt ja alles blitzeblank is, weil anne Feiertage kannze Gift drauf nehm, dattie Verwandtschaft angeschohm kommt. Un dann sitzense alle auffen Balkong rum un tun de Zigarrenasche inne Blumenkästen, un dann heißtet, och, Else, mach domma schön Käffchen, un hasse denn kein Kuchen gebacken? Un gegen Ahmt wollnse dann alle Schnittchen, wo de Radieskes so als Rösken geschnitten sind, dattet besser aussieht, un ich inne Küche am machen un rennen, un dann heißtet noch: Else, mach aber bloß keine Umstände – gehnse doch weg.

Watt machen eintlich so Politiker anne Feiertage? Wirta dann überhaupt nich regiert, oder watt is? Ministerium is zu, Büros sind zu, ab Freitachnammittach is Bonn scheinz geschlossen un schwirrense alle los. Ja, hörnse ma, eintlich gehtatt ja aunnich. Wenn nu ma datt rote Tellefon klingelt un datt gibt meinzwegen Kriech, dann is kein Mensch da, oder watt? Oder in Rußland gibtet irgenzwie Probleme un der Gorbatschoff will mitten Kohl da ma ehmt drübber reden – weil die ham ja da kein Finxten, nä, datt sind ja alle Kommenisten – ja, dann rufter da in Bonn an un datt klingelt un klingelt un keiner geht dran, oder meinzwegen läufta der Anrufbeantworter un sacht: «Hier is datt Tellefon von Bundeskanzler Kohl, die Regierung is zur Zeit nich besetzt wegen Finxten, rufense nache Feiertage widder an» – ja, datt gehtoch nich! Un die Nummer in Oggersheim wernse ja nu aunnich alle haben, also, die machen sich in sonne Regierung datt Lehm schon auch eimfach, findense nich? Kann doch immer ma watt passieren, meinzwegen betoniert einer aus Wut – kann domma sein – den Zimmermann sein Vorgarten zu, ja dann muß doch der Krisenstab antreten un de GSG 9-Truppe, aber wie denn? Erstens is keiner da, der die alle anruft, zweitens kommense ga nich über de Autobahn am Tatort, is anne deutschen Feiertage soweso immer alles verstoppt, weil ja da diese Verwandten alle unterwechs sind, die dann hinterher zum Beispiel auf mein Balkong sitzen unte Füße hochlegen, so isset doch.

Am liebsten würd ich Finxten nach Bonn fahren, mich da am Tellefon setzen, schön aufpassen, auch sonz ma en bißken inne Akten kucken un datt ein oder andre in Ordnung bringen, un zuhause könnten unser Inge un Willi Schnittkes schmieren un Radiesken als Röskes machen, un wenn Tante Päule dann fracht: «Wo is denn Else?» dann könnte Willi sagen: «Die is in Bonn un hälte Fäden zusamm.»

Weihnachtsgeschenke, 1.

Willi, sarich so zu mein Gatte, hömma zu, diesma machen wer aber Weihnachten kein Brimborium, hörsse? Nix Geschenke un sowatt alle, datt reicht schon, wenn wer widder fürde ganze Verwandtschaft Päckskes pakken müssen, weilse sonz widder alle beleidicht sind, aber du un ich, wir sinta doch drübber, wir schenken uns ma nix, ja? Lehm is teuer genuch, letzte Rate fürm Kraftwagen muß aunnoch bezahlt wern, un watt soll ich gezz noch durche Läden hetzen un dirn Schlips kaufen, denze nachher donnich trächs, nix, Schluß, aus, keine Fisematenten, dies Jah machen wer ma ab, datt wer uns nix schenken, könnwer datt gezz ma ganz feste abmachen?

Er Zeitung am lesen, nä. Jaja, sachter.

Ich sach, Willi, hasse auch gehört, wattich gesacht hab? Du hastoch widder nich zugehört, datt merk ich doch, un nachher stehsse Weihnachten da un sachs: Wie? Gibtatt kein Gabentisch? Dich kenn ich – also, nomma: du un ich, wir schenken uns nix, für unser Inge habbich ne Steppjacke un grüne Faabe für auffe Augen un für dich habbich nix und ich will aunnix von dir. Höchstens de Brause inne Badestube, die könnze ma reparieren, da freu ich mich mehr drübber wien Bettjäcksken.

Jajaja, sachter, un is datt Kreuzworträtsel am lösen.

Datt wa so zehn Tage vor Weihnachten, nä. Drei Tage später kommter nachhause un schreit schon im Flur: Huhu! Ich binnet! NICH KUCKEN!

Wieso nich kucken, sarich ausse Küche, hasse Schlachseite oder hasse den neuen Schal schon widder irgenzwo liegenlassen?

Nix, sachter, ich habben Geschenk für dich, aber datt daafze gezz nich kucken bis ich et versteckt hab.

Da hatten wer den Salat schon, nä. Wie er inne Küche kommt, sarich: Willi, sarich, du brings mich noch ummen Verstand, habbich nich gesacht, dies Jahr is ma Schluß mitte Schenkerei? Gezz fängstu den ganzen Zirkus widder an un ich steh da, ich hab doch auch nix für dich ...

Wieso «auch», sachter, ich hab ja watt für dich, Weihnachten ohne Geschenke, datt is nix, datt fang ich ga nich ers an.

Tja. Watt sollze da als Frau noch sagen, nä, der Mann macht mich watt fertich, Sie. Ich also nächsten Tach inne Mittachspause auch los, nä, Geschäfte alle voll, ich hetz durchem Kaufhaus un sach zu ein Frollein, Frollein, sarich, watt hamse denn für ein Herr so Ende Vierzich, der schon alles hat, bißken stärkere Figur, watt is denn da so «in» dies Jahr, watt schenkt man so?

Ja, sachtse, wie wäret hier mit son klein Schachcompjuter, der redet auch mit ein, wennse ma ein falschen Zuch gemacht ham. Nä, sarich, mit mein Mann redich dann schon selber, watt sonz noch?

Hatter Herr Gemahl denn schonnen Taschenrechner oder son Gerät, watt am piepen fängt, wenner den Schlüssel nich findet?

Hatter nich un brauchter nich, sarich, der soll aufpas-

«Watt hamse denn für ein Herr …

sen, wo er seine Pieselotten hinlecht, un für zum Rechnen kannern Bleistift unnen Block nehm, weiter.

Ja, mein Gott, sachtse, ich kenn ja nu Ihren Gatte nich, aber wennse sagen, stärkere Figur, wie wäret denn dann mit son Heimfarrad? Paßt bequem im Schlafzimmer, kanner sich schön drauf trimmen, bleibter häuslich bei un gesund isset auch.

Datt is ne Idee, sarich, gehmse her, damit krich ich den ausse Wirtschaft raus un er muß mir ahms nich mehr vormachen, dattern bißken Joggen geht, datt kenn ich schon, dem sein Joggen – bis nache Bude un dann drei Bier, packense ein, watt kostatt?

Wa teuer genuch, aber watt is heutzutage schonnoch billich, ich mitten Katong untern Aam nachhause hin, un ich denk noch so: Wo tu ich den gezz hin? Auffen Schrank siehtern, unterm Schrank paßter nich, schieb ich en doch unterm Bett, da kuckt Willi nie drunter, un ich schieb un schieb un denk verdorri, warum gehtatt nich, watt is denn da unterm Bett? Un wie ich mich auffem Teppich lech un drunter kuck, seh ich en Katong, steht drauf: Heimfarrad, un schonnen Zettel dran: «Liebe Else, datt is gut für deine Figur un datte dich aunnich so einsam fühlz, wenn ich schomma nache Wirtschaft hingeh, dein Willi.»

Ja, hatter Mensch noch Töne! Un gezz binnich am überlegen: Tausch ich meins um oder lass ichse beide da un Stratmanns radeln zusamm durchem Schlafzimmer? Un datt mit meine Figur, datt is übrigens ne Unverschämtheit. Nä, gezz schenk ich et ihn grade. Un ich mach auchen Zettel dran, un da schreib ich drauf: «Lieben Willi, datt is gut für *deine* Figur, un datte dich nich so einsam fühlz, wenn ich ahms unten noch de Überstunden mach wegen de Abrechnung, dann kannze gezz in Zukunft hier ohm immer schomma schön turn, frohe Weihnachten, deine Else.»

Gezz wolln wer domma kucken, wie er kuckt.

Weihnachtsgeschenke, 2.

Wir kriegen ja jedes Jahr Weihnachten so Geschenke, wissense, von Firmen, wosse als Geschäftsleute schomma datt Jahr über mit zu tun has, un selber müssen wer auch watt schenken, auch für gute Kunden – also, Kundschaft, die datt ganze Jahr schön kommt, die kricht Weihnachten ne hausgemachte Mettwurst in so Papier mit Tannenzweige drauf, packt unser Ingelein extra alle selber ein, un fertich.

Aber watt machze mitte ganzen Geschenke, die rumliegen un du kannze ga nich brauchen? Dies Jah ham wer datt schlau gemacht, wa billige Weihnachten, passense auf:

Ers kam vonne Versicherung son Autoatlas inne Plastikhülle mitne Lichtlupe bei, datte auch alles drauf finz. Nu ham wir ja schon sechs Autoatlasse, nä, ich sach, Willi, komm, ab im Paket nach Onkel Karlchen damit, Weihnachtskate bei, ham wer den schomma fein gespart. Den Kallender vonne Spakasse kricht unser Omma, tun wer schomma schön vonne ganze Familie de Geburtstage eintragen, dattse nich vergißt, immer Päckchen packen. Vonne Firma, wo wer immer den Sempf herkriegen für im Laden kam en Katong mit Wein, ich sach, um Gottes willen, Willi, kuck nach, wattat fürm Wein is. Wenn wern noch als Frostschutzmittel im Wagen tun könn, dann lassen da, un sonz ab damit nach Tante Herta, so schön verpackt kriegen wer datt nie widder hin, wo de Sempfreklame is, kleben wer watt drübber.

Dann kam noch der Nostalgiespiegel vonne Bierfirma, wo auch quer drübber steht, dattet der ihr Bier schon wer weiß wie lange gibt, datt kricht unser klein Hannelörken, son Kind kuckt nich nach Reklame un en Mädchen freut sich immer überm schön Spiegel. Den indischen Seidenkalender kricht Tante Kläre, wennsen richtich rum anne Wand hängt, brauchtse de Reklame vonne Elektrofirma hinten ga nich sehen, un die schenkt uns auch bloß jedes Jahr en Stücksken billige Seife, da renn ich mir grade noch de Hacken für die ab nach Geschenke, nix.

Da is nochen Kästken Schwattbrot unnen Pülleken Klaren, sacht unser Inge, vonne Autofirma.

Her damit, sarich, ander Papier drum un ab an Onkel Hermann, un den Korkenzieher aus Wurzelholz, den de Weinhandlung geschickt hat, den kricht Grete.

Nä, sacht unser Inge, Mamma, weisse dattenn nich mehr, Grete habter doch voriges Jahr schon so ein geschenkt, datt weiß ich genau, un die hatten weitergegehm an Onkel Jupp, un der wollten doch uns widderschenken, un da hastu donnoch gesacht, och, kumma, genauso ein habbich Grete auch geschenkt un da hat er gesacht, gezz binnich aber platt, der is von Grete – weisse dattenn nich mehr?

Ich sach, Kint, du has ja recht, aber watt schenken wer denn Grete dann?

Waate ma ab, sacht Willi, vonne Hauswirtin kriegen wer doch immer watt Gehäkeltes, Pottlappen oder sowatt, datt kannze doch dann gleich nach Grete hinschikken.

Sehnse, so muß man datt machen, immer alles schön planen, wir überkleben soga de Weihnachtskaten un verschickense nomma. Hoffentlich merkter Steuerberater Grönekamp gezz nich, datt wer ihm aus Versehen seine eigene widder zurückgeschickt ham un bloß dem sein Stempel überklebt –

Na, is egal, nächstes Jahr kann er se ja widder an uns schicken.

Schlachtplatte, gemischt

Tellefon mit Prinz Willem Alexander

Hallo? Ja, binnich da gezz verbunden mittat Haus Oranien? Aha. Gut. Sind Sie der Buttler? Hier is Else Stratmann, Wanne-Eickel, Sie wern mich gezz nich so kenn, aber könnse mich ma fix verbinden mitten Prinz Willem Alexander? Ja, datt sarich dem dann schon selber, wo et drum geht. Männeken, ich diskutier doch gezz hier nich an hellen Tach rum mit Ihn, watt meinse watt bei uns in Deutschland datt Tellefonieren kostet, also nu ma los, rufense den Prinz, un zwa en bißken plötzlich. Gut, ich waate.

(Die spieln sich immer watt auf da, de Dienstboten inne Schlösser, als wärnse selbs Könige, aber nich mit mir. Ich bin zwa kein holländischen Bürger, aber schließlich is der Willem Alexander datt älteste Kind von unsern Claus von Amsberch un erbt ma Holland, un datt is gleich bei uns nehman, un da habbich ja wohl auchen Recht, ma ...)

Hallo? Kind? Bistu datt? Och watt schön! Tach Willem, ich daaf donnoch du sagen, oder? Ich kenn dich donnoch, wiede noch son klein Döppken waas – woher? Ja, aus Frau mit Krone un Herz in Spiegel un wie die netten Zeitungen immer alle heißen, wo ihr dauernd drin seid, du un deine Brüder mitte Omma untern Krissbaum un Ostern mitte Eier in Paak von Schloß Dingens, un gezz bisse schon achtzehn, nä – wattie Zeit vergeht!

Hömma, Willem, wattich sagen wollte – ich hab da neulich sowatt mitgekricht, du würdes gern de Steffanie von Monakko –

Nu laß mich doch ersma ausreden!

Ja verdorri, ich hab donnoch ga nix gesacht!

Willem! Nich in diesen Ton, un nich mit mir, ham wer uns verstanden? Du läßt mich gezz ausreden un gibs mir ne anständige Antwort, wie sich datt für eim Prinz gehört. Also. Wo warich? Herrjeh, gezz kommich ganz durchenander, weil du so patzich bis. Ich denk, als Prinz lernter Anstand auf eure teuren Internate da? Also: du würds gerne de Steffanie von Monakko heiraten.

Habbich ausse Zeitung. Hättstu gesacht. Ja, hasset nu gesacht oder hasset nich gesacht? Sowatt sacht man donnich eimfach so.

Aha.

Soso.

Also doch.

Ich versteh schon, jaja. Die tät dir am besten gefallen, nä. Kind, Kind. Hasse dir datt gut überlecht? Ich mein, sein wer domma ehrlich – du kennstatt Haus Grimaldi? Ja, ich abber. Du weiß, datter Vatter vonne Fürstin früher Maurer wa? Un datt Rainer seine Mutter datt Kind is von Rainer sein Oppa unnen Krösken mitne algerische Waschfrau? Gut, datt muß nix heißen, könn trotzdem anständige Menschen sein, aber ich wollt nur ma sagen, Fürsten sintatt nich, wenn die echte Fürsten sind, dann bin ich Gräfin, nä.

Aber ausgerechnet de Steffanie! Hasse denn datt Foto neulich inne Zeitung nich gesehn, wose mittiesen hochgeschlitzten Badeanzuch rumlief, datte den ganzen Poppo sehen konnz? Datt gefälltir grade? Ja, du Döskopp, kannze dir die in son Badeanzuch auffen holländischen Thron vorstellen, da tät dir deine Mutter un deine Omma aber watt husten. Un außerdem hattie doch dauernd watt mitten Sohn von diesen Delong ... oder wa dat der von den Belmondo? Ich weisset nicht, ich glaub soga mit beide, un die Brüder musse dir doch nur ma ankucken, ja, da dürfte unser Inge aber nich mit nachhause komm, datt sarich dir. Un du glaubs, eine, die sich mit so Tüpen inne Nachtklubs rumtreibt, die würde en blonden Prinz von Holland heiraten, bloß dattse ma Königin wird? Du bis ja wohl nich ganz gescheit.

Ach, eine Million Taschengeld, eine Million Taschengeld! Da feiftie doch drauf, auf deine Million Taschengeld, die hat doch selber genuch flüssich. Watt kriss du überhaupt soviel Taschengeld? Lech ja watt auffe hohe Kante, auch wenn deine Omma de reichste Frau der Welt is, is nich gesacht, dattat ewich un drei Tage so weitergeht mitte Apanaschen auffe Schlösser, irgenzwann wirtatt son Volk auch ma zu dummhapp, un dann stehsse da – wo warich? De Steffanie. Die braucht kein mit Geld. Die braucht ein mit ölige Haare un schwatte Lederjacken. Hasse ölige Haare un schwatte Lederjakken? Nich, aha. Bisse Kette am rauchen? Kannze Räpp tanzen? Alles nich? Dann kannze dir de Prinzessin von Monakko abschminken.

Willem, nimm doch de Sarah von England. Prinzessin Magret seine. Die machze nich? Gott ja, ich kann dich verstehen. Ich mein, noch hasse ja auch Zeit, nä, aber irgenzwann brauchze ne Königin, aber laß ma den Kopp nich hängen, soga der Schaals von England hat noch eine mitgekricht, un dem seine Ohren kuck dir an, nä. Watt hamwer denn noch so in Europa an Prinzessinnen? Viel

Schrott auch, nä. Entweder sindse nich datt Gelbe vom Ei oder ihr seid soweso unternander alle verwandt seit tausend Jahre. Un Sarah willze nich? Der ihr Vatter, der Amstrong, der wa doch wenichstens Fottegraf, ma son bißken frisch Blut im Haus Windsor? Willze nich. Nuja, man kann kein zwingen, nä. Ich mein, wenn die ma drei Jahre ne Zahnspange tragen wür ... jaja, ich hör ja schon auf.

Tja, Kind, datt wird aber schwierich. Glaub mir, de Steffanie musse vergessen, ich kenn doch deine Omma. Datt erlaubtie nie, die Juliane. Un seinwer ma ganz ehrlich, Willem: bei eine wiede Steffanie, da hastu auch kein Schlach, da könnze noch so lange Könich lern. Un tröste dich ma, weil, ob datt so schön is, Carreline als Schwägerin kriegen, datt is ja aunnonich raus, nä.

Watt soll dennu werden? Soll ich ma ganz offen sprechen? Willem. Kumma. Warum musset denn immer Hochadel sein. Adelich bisse selber, Geld hasse auch genuch, wär datt für sonne Familie wie deine nich ma gut, son nett frisch Mädchen aussen Volk, nich auffem Kopp gefallen, anständich, schlachfertich ... ja, ich kenn eine. Soll ich sagen? Aber lach nich, nä?

Kennze eintlich unser Inge?

Willem? Willem? Gezz hatter aufgelecht! Watten fiesen Möpp. Dann soller doch sehn wie er glücklich wird mit irgendsonne klumpige Prinzessin.

Tellefon mit Flick

Hallo? Sprechich da gezz mit Herr Flick? Hach, datt hat aber lange gedauert, bis Sie ma am Apperat komm, waanse grade Geld am zählen oder watt? Ja, hier spricht Else Stratmann aus Wanne-Eickel, Sie wern mich gezz nich kenn, Herr Flick, ich bin nur ein eimfachen Bürger, solche kennt ihr ja nich da ohm, aber ich kenn Sie gut, steht ja genuch inne Zeitung. Sagense ma, warum sindse eintlich nich dammals gleich selber Bundeskanzler geworn? Hättense sich doch ne Menge Geld sparen könn, wennse selbs anne Quelle sitzen, brauchense kein zu schmieren. Ach so, Sie bleim lieber in Hintergrund, is besser fürde Geschäfte – ja, versteh ich.

Watt sagense, Scheißdemmokratie? Tja, für Sie gesehn hamse recht, nä, is lästich, wenn datt Volk plötzlich alles wissen will, watt ihr dahintenrum so am schummeln seid ... aber nu ham wer se, de Demmokratie, nu müssen wer durch, sarich immer. Mitte Grün is auch ärgerlich, nä? Lohnt sich ga nich, wennse denen en paa Scheine zustecken, schwupp, ham die de Rotation, kommt widdern anderer un datt schöne Geld is inne Wicken. Aber die Grün brauchen ja Ihr Geld aunnich, Herr Flick, der Geißler sacht, die wern soweso bezahlt vonnen Russe. Pech wa datt ja mitten Baazel, nä? Hamse soviel reingesteckt in den Mann, un nu isser weck von alle Fenster – obwohl, laß wer ma waaten, solche komm immer widder, neulich hattense doch schon widdern schön neuen Posten für den. Watt wa dennu mitte 1,7 Million dammals, mir könnset doch sagen?

Ach so. Ja, verstehe, die hattense an diesen Herr Paul da geschickt, nä. Ja, un der wa Baazel sein Freund un hat sich gesacht, Gott, der aame Rainer Candidus, nie daafer Kanzler wern, datt is ja wirklich en Sozialfall, den schenk ich gezz ma 1,7 Millionen für zum Trösten – hach, son guten Freund hättich aumma gerne. Hatter schon datt Bundesverdienstkreuz? Wird aber fällich, hörnse ma, da sind Sie doch sicher auch mit am Verteilen, machense ma watt, oder sagen wer, datt Bundesnebenverdienstkreuz, hört sich besser an, nä.

Mitten Kohl, datt is immer nonnich richtich raus, nä? Is überhaupt so still geworn um datt alle, auf den Brauchitsch seine Zettel standoch immer «wg. Kohl», watt wa denn nu damit? Ach so, Blumkohl un Rosenkohl, dattse gesundes Gemüse essen inne Bundeshauskantine – Sie sind mir auch son Schlauberger, watt, Herr Flick? Tja, vonnix kommt nix, könnse in Ihr Büro eintlich den Möllemann nich brauchen, sagense ma? Inne Regierung hatter donnix mehr zu tun, un velleicht könntense mit dem seine guten Kontakte nachen Nahen Osten datt Geld ma da – hallo? hallo, Herr Flick?

Och, gezz hatter aufgelecht. Rufter bestimmt sofort den Möllemann an.

Ein Tach im Leben der Utta Danella

Neulich mußtich ma widder nach unser Tante Päule hinfaahn, nä, die hat ja so Wasser immer inne Beine un alles, un da lach inne Eisenbahn son Heftken über Bücher un Litteratur un sowatt, ich denk, Else, kuck ma rein, nä, velleicht issen Kreuzworträtsel drin, ich hatte auch sonz nix zum Lesen dabei, un da wa da son Bericht mit Bilder über diese Dingens – na, wie heißtse gezz, so ähnlich wie diese eine Maggerine – Utta Dingens – ja, Danella, nä, Utta Danella, wa da drin «Ein Tach aussen Leben von Utta Dingens», un da waase abgebildet auf watt weiß ich zehn Bilder, un jedesma mit andere Klamotten an, wie Anneliese Rothenberger, die zieht sich ja auch in Fernsehen für ein Lied sechzehnma um, nä. Un da waase dann ma auffen Farrad un mit Ferde un mit ihren Verleger un mitte Freundin un inne Willa, un dabei stand dann, wie der ihr Tach so is, waatense, ich krichet noch zusamm:

Um zehn Uhr radeltse los, nä – wattse vor zehn Uhr macht, stand nich drin, da bin ich immer schon vier Stunden auf, aber nu binnich ja aunnich Utta Danella, also, se radelt, weil datt gut is fürde Figur, un dann trifftse sich mit ihr Fert un ihre Freundin, die is Professer. Un dann reitense un dann kauftse in ein Spezialgeschäft nochen guten Wein ein. Ja, un nammitachs, stand dann in den Attikkel, da wär dann keine Hektik, «alles geht sein Wech». Wa denn morgens Hektik? Na, velleicht issen bißken hektisch geritten, also spülen, kochen, Fensterputzen un nache Kinder kucken muß die ja alles nich, höchstens ma inne Buttik gehen un kucken, watte Mode so am diktieren is, weil, sachtse, gezz hättese widder en neues Buch geschriem, un da käm gezz de Presse un dann müßtese watt Neues anzuziehn ham fürde Fotos. Un ahms gehtse nachen Verleger hin un kuckt, ob der Schutzumschlach für datt neue Buch auch schön genuch is, un dann gehtse nache Willa un muß «die ganzen Eindrücke aus ein aufregenden Tach verarbeiten». Un da dichtetse dann drübber.

Ja. Watt verabeitetse denn gezz da? Naja, datt Fert untie Freundin un den Schutzumschlach untie Buttik, nä, un da schreibtse dann auch drübber un wirdse so berühmt mit.

Un ich? Den ganzen Tach am rennen un immer is wer weiß watt alle los, eintlich müßte *ich* Bücher schreim, aber die tät dann widder kein Mensch lesen. Dolsche Vita wollnse inne Bücher ham, nä. Manchma denk ich abber doch so, obbet nich fürde Dichter gut wär, aumma zu kucken, wie unsereins so lebt. Aber dann kämense durchenander, nä. Weil ein Tach im Lehm der Utta Dingenskirchen un ein Tach im Lehm der Else Stratmann, datt paßt nich zusamm.

Der Erbprinz von Thurn un Taxis

Willi, sarich gestern so zu mein Gatte wie wer so gemütlich Zeitung am lesen sind, Willi, der Erbprinz von Thurn un Taxis, kumma, der wohnt ja ma schön!

Hör bloß auf mittein ewigen Adel, sacht Willi, ich kannet nich mehr hörn, Adel. Datt is für mich vorbei, da glaubt keiner mehr dran, bloß du immer.

Ja sicher, sarich, glaub ich da dran, watt so dicke da is, da kannze doch ga nich nich dran glaum, hier, kuck, der Erbprinz, der hat zehn Schlösser, ellef Güter, zehn Forstämter, immer mit Wald drumrum, nä, dann hatter fünnef Bankhäuser un sechs Brauereien un zich Fabriken un Firmen un sechzichtausend Hekta Land in Brasilien un sechstausend in Kanada un mehr wie dreißichtausend in Deutschland un da sachs du, der Adel, datt wär vorbei.

Geh doch weck, sacht Willi, datt hatter doch alle geerbt, deshalb heißter doch Erbprinz, da hatter doch kein Finger für gerührt, der sitzoch bloß auffe Güter rum un zählt Geld.

Nix, sarich, der hat nachen Kriech genauso mit vierzich Maak anfangen müssen wie wir alle, un hier inne Herzenszeitung steht auch, datter von morgens bis ahms mitten Düsenjet unterwechs is un sich um alles selber kümmert, un dauernd isser Urwald in fruchtbare Weiden am verwandeln un sowatt alle.

Datt machter donnich selber, sacht Willi, da hatter doch Aabeiter für.

Ja, sarich, hatter, un die gehn fürm Erbprinz durchem Feuer, steht hier. Du können dir ruich ma ein Beispiel an den nehmen, mit eine einzige Kuh hatter angefangen un gezz hatter sechstausend, un du?

Erstens, sacht Willi, watt sollich hier in Wanne-Eickel mit sechstausend Kühe, kannze mir datt velleicht ma sagen, un zweitens, wie der mit eine einzige Kuh angefangen hat un dadraus sechstausend gemacht, datt möchtich aumma sehen.

Also Sie merken schon, nä, mitten Mann kannze überm Adel eimfach nich reden, kommt bloß dummes Zeuch. Ich wolltet dann auch lassen, aber de Bilder von den seine Schlösser waan zu schön, kumma, Willi, habbich gesacht, den Erbprinz sein Schloß, watter schön wohnt!

Welches, sacht Willi, ich denk der hat zehn?

Datt mitte fünnefhundert Zimmer, sarich, hier, kuck, «datt Prunkstück des roten Salongs is der von zierliche Putten gestützte Rockockokamin» –

Leck mich doch inne Täsch mittein Rockockokamin, sachter, watt will denn son Prinz mit fünnefhundert Zimmer, wir ham drei fürde ganze Familie, kannze mir vielleicht ma sagen, watt einer mit fünnefhundert Zimmer macht?

Ja sicher, sarich, der krichtoch ganz andern Besuch wie wir, musser doch bewirten, hier, kuck, «in diesen Spiegelsaal empfängt der Prinz Gäste aus Adel un Gesellschaft». – Datt wird ne schöne Gesellschaft sein, sacht Willi, un deine Patei wähln die aunnich, da kannze aber Gift drauf nehm.

Als ob man sowatt gezz da so kleinlich aufrechnen dürfte, nä, datter Prinz oft nich glücklich is, habbich Willi dann schon ers ga nich mehr erzählt, hättich mir bloß anhörn müssen, er wär auch oft nich glücklich un da müßte man ehmt durch, ob Metzger oder Prinz.

Aber et stimmt, Sie, inne Zeitung stand noch: «Alle meine zweitausend Uhren» – der hat nemmich zweitausend Uhren inne Schlösser rumzuhängen, aber fragense mich gezz bloß nich, wo der die zu braucht – also: «Alle meine zweitausend Uhren in mein Schloß haben mir noch nich viele wirklich glückliche Stunden geschlagen, sachter Erbprinz.» Dabei hatter doch gezz de Gloria, nä, un Erben un alles. Aber die is ja jünger wie er un immer unterwechs auf Wohltätichkeitsbälle, un dann isser schomma watt einsam, nä.

Mir tuter leid, der Erbprinz. Ich schreib gezz ma nach den hin, wenner ma widder einsam is, soller dochen bißken zu uns komm, da is immer watt los, er daaf bloß dann Willi nich sagen, dattern Erbprinz is, dann kannert sich bei uns schön gemütlich machen un wir ham auch bloß eine einzige Uhr, un die hängt inne Küche un hat ga keine Zeit für zum unglückliche Stunden anzeigen.

Prinzgemahle

Wissense, watt so richtich ungerecht is? Will ich Ihn sagen. Kuckense, wenn son Könich heiratet, nä, nehm wer gezz Caal Gustav von Schweden, wenn der unser Silvia heiratet, un die wa vorher Hostesse un nich adelich un nix, aber er is Könich – watt wirdse dann automatisch auch? Richtich: Königin. Oder der Konstantin von Griechenland, gut, der is gezz nich mehr Könich, weilet schonnen paa Länder gibt, wose eingesehen ham, dattet ohne auch geht, aber schließlich hat dem ja Griechenland ma gehört, un da hatter die Annemie von Dänemaak geheiratet – watt wurde die, sofort? Königin! Sorum gehtatt nemmich immer. Un umgekehrt? Beatrix is Königin von Holland, un is unser Claus etwa Könich? Nix! Prinzgemahl musser sein, ja, da frarich Sie doch, watt is dattenn fürm Beruf? Da musser ja schwermütich bei wern! Oder England, nä, die Olle is Königin, un unser Fillipp is Prinzgemahl! Datt wissense ja hoffentlich, dattatt unser Fillipp is, nä, Battenberch, aus Niedersachsen oder so da ohm. Ja, da liefern wir immer tüchtich guterzogene nette adelige junge Kerle anne Fürstenhöfe, un dann wernse nix besseres da wie Prinzgemahl, wo sind wer denn? Wer sind wer denn? Dänemaak – Magrethe is Königin, watt is Hendrik? Dreima dürfense raten. Finden Sie datt gerecht?

Die wolln sich da auch wehren gezz gegen un ham son

Club gegründet, die Prinzgemahle, wose de Sorgen besprechen drin un so, die kriegen ja alle bloß Taschengeld von ihre biestigen Königinnen un müssen noch dankeschön für sagen, nä. Datt besprechen die gezz, un Ehrenpräsedent von diesen Club is der Bernhard von Holland, dem seine Olle wa ja aumma Königin, Juliane, gezz isse auf Rente, un er is übrigens ein geborenen Lippe-Biesterfeld, auch also von uns hier geliefert, könnse ma sehn, watt tragisch, ein Leben als Prinzgemahl.

Ja verdorri, da sachtie deutsche Jugend immer, et gäb nix, wo man sich noch für angaschieren könnte – un hier? Wir liefern anne ganze Welt Herren mit Tittel un Manieren, die dann nix zu tun ham wie anne Höfe rumlungern un Erben schenken, dattie Krone inne Familie bleibt – Fillipp hat Lisbett vier Stück gemacht, nä, unser Claus gleich drei Söhne, wose in ihr Haus Oranien seit Hunderte von Jahre immer bloß Töchter hatten, un watt is der Dank? Prinzgemahl. Könntich ganz fuchtich drübber wern. Un weilde Jugend sich nich intressiert, knöpp ich mir datt Thema gezz ma vor, un wennich bafuß bis nache Menschenrechtskommission in Straßburch hingehen muß. Datt is doch ne Aufgabe!

Waatense ab, ich geh noch inne Geschichte ein als de Mutter Teresa vonne Prinzgemahle.

Weizsäcker

Wie finden Sie denn den Bundespräsedent, den wer da gezz schonne ganze Zeitlang ham? Der hat ja watt von Karajan un Kürten, nä, so silberne Haare mach ich ja immer zu gern, wirkt edel, kannze inne Welt gut vorzeigen, macht sich auch immer prima in Fernsehen, also schöner wie der alte Präsedent isser, der Weizsäcker. Aber der alte is mehr gewandert, nä. Wandert der eintlich gezz ga nich mehr, wa datt bloß für am Herz vom Volk zu rühren? Kannze ma sehen, nä, datt tun die alle bloß fürm Immätsch, nie wirklich weil set wollen.

Für den Weizsäcker könntich mir ga kein andern Beruf vorstellen wie Präsedent, höchstens Diregent noch oder Schirurch, nä, aber sonz – der Mann is der geborene Präsedent, der is ja auch auf ein Schloß geboren, wußtense datt? Ja sicher, in Stuttgaat dammals, datt wa 1920, da wa dem seine Mutter grade bei Omma un Oppa auffen Schloß, wose Hofdienst hatten, un da kam der kleine Richard auffe Welt un gezz isser schon Bundespräsedent – schöne Karriere, nä ... Schaumaster hätter aunnoch wern könn, fällt mir grade ein, wie der Fuchsberger, un der Fuchsberger könnt auch genausogut Präsedent wern, inne CDU isser – watt sarich, der is soga inne CSU, seine Freunde hatter inne Talkschau gezz bald alle schomma gehabt, also wenn der ma nich mehr weiß wohin, da wär Bundespräsedent auchen schön Posten für den ... aber der Richard machtatt noch ne Zeitlang, un der machtatt nett, doch, ja, an 8. Mai dammals hatter ja soga gesacht, datt wir Deutschen nich ganz unschuldich sind an letzten Kriech un datt wer datt nur ja nich vergessen sollen, wo der Kohl doch immer sacht, datt müßten wer nu endlich ma vergessen. Der Derwall, fällt mir grade ein, der is aunnoch son Tüp für zum Präsedent darstellen, so geflecht immer, aber umgekehrt den Weizsäcker als Träner beide Türken – nä, datt geht nich sorum. Der is der geborene Präsedent, wirklich wahr, der wa ja auch schon Kirchentachspräsedent, un dann Bundestachswitzepräsedent un CDU-Präsedent un gezz vonne ganze Reppeblik un er sacht, er will vor allem kucken, datt wer datt mit Europa endlich ma hinkriegen.

Ja da binnich aber gespannt, wie er datt wohl machen will, da basteln wer ja nu schon seiten ollen Adenauer dran rum un klappt nich, in Frankreich sprechense immer noch französisch, in England immer noch englisch, in Italien wernde Kommenisten Bürgermeister, bei uns dürfense nich ma Briefträger wern, außer neuerdings wennse bei Oskar Dingens innet Saarland wohn, überall hamse anderes Geld, gehnse weck, Europa – datt wird nie watt. Aber er hat ja auch schon vorsichtich gesacht, also, so richtich Macht, nä, die hätter ja als Präsedent eintlich nich, bloß mehr son guten Eindruck machen für Deutschland un auch schomma watt unterschreim, wattse ihn so hinlegen. Ne Meinung, sachter, dürfter als Präsedent nich ham, also wenner meinzwegen datt Gesetz hingelecht kricht fürde Amnestie vonne Steuersünder, nä – datt kanner unterschreim oder er kannet lassen, aber watter davon hält, datt daafer nich sagen. Oder willer nich sagen.

Nuja, kommt immer drauf an, watt einer aus sein Posten macht, sarich immer. Reden hälter ja schöne, nä, kommt immer FRIEDEN drin vor un FREIHEIT un MENSCHENWÜRDE, klingt gut, un inne Oper musser bei Fideligo immer wein, weiler so sensibel is. Der Bruder soll ja schlauer sein, nä – sacht man. Deshalb wollte der ja scheinz dammals aunnich Bundespräsedent wern, den hattense ja auch schomma gefracht. Wa dem aber zu langweilich, der Posten. Gott, ich sach immer, jeder, watter kann, nä. Regieren musser ja schließlich nich, der Weizsäcker, datt macht ja der Kohl, un solange der schlau genuch is ...

Nowottny

Mir fehlter ja, der Nowottny, freitachs. Ich mochten zu gerne immer mit sein fiffiges Lächeln, un wie er inne Sommerferien immer an Wolfgangsee auffen Fußbänksken zu Kohl seine Füße sitzen durfte un berichten, watter Kanzler in Urlaub so denkt, das Wetter –

Ich versteh eintlich aunnich, wieso der Mann nich diese eine halbe Stunde freitachsahms machen kann, wenner gezz Intendant is, ich bitte Sie! Ne halbe Stunde! Dafür könnter ja meinzwegen montachs ne halbe Stunde später komm oder donnerstachs en bißken früher gehn, aber datt kann mir doch kein Mensch erzählen, datter nich ne halbe Stunde Zeit die Woche hat für sonne Sendung. Aber velleicht daafer nich? Weil, wenner gezz Intendant is, wo wer doch wissen, datt immer bloß datt Fernsehn schuld is, wer bei de Wahlen gewinnt un verliert, dann kämen ihm de Politiker alle so auffe schräge Tour, nä, datter Dregger meinzwegen dann sacht, Herr Nowottny, wennse mich in Ihren Bericht aus Bonn ma nett zeigen un datt un datt sagen lassen, ohne dattse mir dabei inne Parade fahrn, dann feif ich in Ihren Sender ma de Rundfunkräte en bißken zurück un dann hamse ne Zeitlang Ruhe, könnt ja sein, nä –

Obwohl, damit kämer bei den Nowottny soweso am Falschen, der hält sich schön raus aus alles un wissen wer ja nich ma, watt fürne Partei der hat, wahscheinz weiß datt nich ma dem seine Gattin – meinse, der is CDU? Wenner so auf dies Fußbänksken an Wolfgangsee saß, habbich et oft gedacht, aber dann dachtich widder, nä, kanner nich sein, der is SPD. Grün isser bestimmt nich. Also nich, datter gezz die Umwelt nich leiden könnte oder fürm Waldsterben wär, aber der Nowottny inne Latzhose un mit ein Norwegerpullover an unnen Primelpott auffen Tisch bein Bericht aus Bonn, datt könn Sie sich doch aunnich vorstelln, oder? Sehnse. FDP? Nä, datt isser bestimmt nich. Ich kenn überhaupt kein, der datt noch is, außer Möllemann, un der beißt sich ja schon lange im Hintern dafür, weiler dammals ausse CDU raus is un gedacht hat, datt wärse nu, de Karriere, un watt is? Essich. Nie im Lehm is der Nowottny FDP, da isser eimfach zu schlau dafür. Velleicht isser auch nix un eimfach bloßen Demmokrat, watt wir schon ga nich mehr gewöhnt sind, weilse heutzutage alle mittet aufgeschlagene Pateibuch durche Gegend rennen.

Na, gezz waaten wer ma ab, watter Mann als Intendant so macht un ob datt endlich ma so einer is, der de Briefe von unser Omma beantwortet, die sich schon seit dreißich Jahre de Finger krumm schreibt anne Sender unnoch nie ne gescheite Antwort gekricht hat.

Paul Breitner

Glaum Sie datt, datter Paul Breitner noch Dockter wird? Ich mein, Marianne Koch hattet ja auch geschafft, nä, warum soll er dann nich – aber son Dockter wie die will der ja auch ga nich wern, also nich Aazt oder so. Der studiert – waatense ma, watt studierter nomma – der studiert sowatt mit alte Pötte von anno ippich, Archelogie, nä, so heißtatt, Archelogie, datt sintiese Säulen un Tempel un alles, watt ausse Antieke noch so rumsteht, un da will der Dockter von wern.

Watt willer denn damit anfang? Kann ich mir überhaupt nix drunter vorstellen, aber der mußte ja schon immer ne Extrawurst ham, nä. Un grade heute, de meisten kriegen nich ma ein Studienplatz, un er is über dreißich un studiert olle Pötte, datt muß man sich ma vorstellen, als Milljonär, nä. Dabei hatter doch schon zich Berufe, Fußball soweso, dann isser Unternehmer, von son Immobiligengeschäft, wose Grundstücke un alles verkaufen, er, nä – früher mit Mao seine rote Bibel inne Tasche un gezz bauter mit ein Schatzmeister vonne CDU in Braunschweich Hotels, ja, gezz sind Sie dran.

Der hattet immer schon faustdick hinter de Ohren gehabt, der Paul, aber Fußball hatter ja ma einmalich gespielt – ich weiß noch, wie Willi immer vorn Fernseher saß, un wennse alle de Flinte schon im Korn geschmissen hatten, dann hat Willi geschrien: Paul, mach du et! Un dann hattert gemacht, der Paul. Un gezz hattern Restorang unne Weinfirma un fürne Sportfirma reister aunnoch durche Gegend, also ausgesorcht hatter, aber nein, Dockter willer aunnoch wern.

Schade, datter nich mehr Fußball spielt. Wär zu schön, wennse dann ansagen täten: auffen linken Flügel prescht gezz Dockter Paul Breitner nachet Tor hin – wie beide Reiter immer diesen Zirkus mit Dockter Reiner Klimke, nä, der läßtatt ja auch alle immer mit ansagen. Manche wern überhaupt bloß wegen sowatt Dockter, glaub ich – nich wegen de Wissenschaft, oder weilse so gerne lernen, nänä, Ruhm un Geld, datt reicht nich, muß nochen Tittel her. Für zum Imponieren.

Wennet ihm Spaß macht! Soller doch. Liebern dochen Fußballstar als Dockter wie nomma ein Tapezierer als Führer, sarich immer.

Boenisch

Von diesen Boenisch hört ma gezz ga nix mehr. Dabei wollte der doch Talkmaster wern in Fernsehn, weiler auch so schöne Haare hätte wie der Fuchsberger. Aber scheinz reichtatt nich, musser waaten, bis de Bildzeitung datt private Fernsehn macht, velleicht daafer dann da, nä. Da war der ja ganz früher soweso ma Scheff von, wissense noch, nä? Scheff vonne Bildzeitung un dann Regierungssprecher, nuja, is nich viel Unterschied, der Kokkelores, dense verbreiten, wenn der Tach lang is, is derselbe, bloß eima gedruckt un eima gesacht.

Der Köpke lebt richtich auf, seiter Boenisch widder weck is, hamse schon gemerkt? Der is froh, datter die Konkerrenz los is, dabei hatter doch soweso den viel besseren Posten, weil, er daaf alles ansagen, der Boenisch mußte immer ansagen, wattie Regierung wollte, du liebe Zeit, da wirsse ja bekloppt von. So gesehen is der velleicht soga froh gezz, datter datt los is, aber mehr wiene Million isser auch los, wegen diese Steuern da, nä. Is ja eintlich doll, datter eine Million so nullkommanix sofort hinblättern kann, nä, Donnerwetter, da sehnse ma, wattie Kerle so nehmbei weckstecken, könntich nich.

Unsereins, wenn wer ma mitten paa Maak im Rückstand sind, kostatt sofort Strafe un Mahnbescheid un alles – aber sowatt daaf man nie vergleichen, oben un unten, datt waan noch nie deselben Maßstäbe, nä. Im Gegenteil, den feiernse noch, wenner nach sein Häusken in Sült hinkommt, hach, sagense stolz, kumma da, de Fahne is oben, dann is unser Pepe widder da, nä. Stand inne Bildzeitung. Nachdem datt raus wa mitten Steuerbetruch. Pepe, stand inne Bildzeitung, is glücklich auf Sült un sein eigenen Fürst un steht mittachs um 2 auf un fährt mit sein lilla Motorroller Hummer essen, so schön möchtich et aumma ham un vorher den Staat bescheißen. Aber der soll ja auch immer nett un großzügich gewesen sein mittet Personal, sacht man, sein Schofför hätter ma de Repperatur vonne Aambanduhr bezahlt, wie die kaputt wa, datt täter Geißler nie. Un er trächt nix vonne Stange, nur Modelle, nä, Seide un sowatt. Dattie Regierung en guten Eindruck macht, is er dammals extra in Schnallenschuhe nachen Kremmel hingefahren, un gezz sowatt, die machen aber den guten Eindruck auch immer anne verkehrte Stelle, solche.

Gezz hatter ja auch seine Susanne geheiratet. Die is ja nur halb so alt wie er, weil er 58 is un sie 29, watt will die mitten? Ich mein, so schön isser doch aunnich, un datt Haus auf Sült – Gott, ja, hört sich gut an, aber hamse schon gehört, Deutschland is am schrumpfen, jedes Jahr bröckeln da son paa Meter ab un vor allem anne Nordsee, nä. Kann ja sein, dattat Haus von dem plötzlich ma, zack, nä, weck isset, abgebröckelt, der blanke Hans hat dran geleckt. Dann musser schnell schwimm, der Boenisch. Aber da müssen wer uns keine Sorgen machen. Der schwimmt immer oben, auch wennet noch so bröckelt.

Hundert spritzige Persönlichkeiten

Hach, Willi, sarich, kumma hier inne Illustrierte, hasse schon gesehn? Da hamse ne Liste mitte hundert spritzichsten Persönlichkeiten ausse Bundesreppeblik.

Spritzich? sachter, watt soll dattenn sein, spritzich?

Naja, sarich, waate, hier stehtet: «Die Hundert, die de Gesellschaft faabich machen», ohne die, sagense, wär de Bundesreppeblik nur ein müden Verein.

Un, sacht Willi, stehsse drauf?

Du Jeck, sarich, ich donnich, aber der Kohl.

Else, sacht Willi, willze mich vergackeiern?

Ich sach, nä, kuck, hier, der Kohl is auffe Liste, Helmut Kohl, 54, Bundeskanzler, weiler seine Linie unbeirrt durchsetzt, datt finden die spritzich.

Aha, sacht Willi, dann weiß ich schon, aus welche Ecke die Liste kommt, wa dattie Nölle-Dingens?

Nix, sarich, weil, der Schmidt is auch drauf.

Watt? sacht Willi, der Schmidt is auch drauf? Also, watt an den spritzich is, datt musse mir aber nu ers ma erklären.

Weiß ich donnich, sarich, is ehmt ausgewogen, wie alles, der Weizsäcker steht auch drauf.

Welcher? fracht Willi.

Ich sach, beide, is doch ausgewogen, un Nena.

Watt, sacht unser Inge, Nena? Ich hör wohl nich richtich. Watt is denn an Nena spritzich, also, ich glaub, ich steh im Spargel.

Datt musse vonne Finanzämter aus sehn, Ingelein, sacht Willi, wer so gut verdient wie die un fleißich de Renten mitbezahlt, der kommt auch auffe Liste, außerdem sachtse nie watt gegen die Polletik, datt ham die Leute gerne.

Un Königin Silvia, sarich.

Datt is doch gezz ne Schwedin, sacht unser Inge, seit wann bringt ne Königin von Schweden Glanz im deutschen Gesellschaftsleben?

Na, sarich, dann kuck dir aber ma de Herzenszeitungen an, wattie ohne unser Silvia aam dran wären, die wüßten donnich, wattse schreim sollten. Otto is auch drauf. Un der Lammsdorf.

Watt fürm Lammsdorf? sacht Willi.

Ich sach, diesen Lammsdorf, der früher ma –

Else, sacht Willi, gezz kannze mir mit deine Liste aber bald ma den Buckel runterrutschen, der Flick is wohl auch drauf, watt?

Ich sach, ja sicher, also wenn einer Faabe inne Gesellschaft gebracht hat, dann doch der, schon allein die vielen schön bunten Scheine, die der verteilt hat, also, mehr Faabe gehtoch ga nich.

Komm, Mamma, sacht unser Inge, tu de Liste weck, ehrlich. Da macht sich doch irgendson Ömmes lustich über uns, echt, watt is denn wichtich fürde Bundesreppeblik? Du bis wichtich un Pappa un ich, weil wir de Bürger sind, die unten am Bruttosozialprodukt am malochen sind, un wenn wir datt nich täten, könnten die ohm soviel glänzen wolln wie se könnten, wär nix los, laß dir datt nich einreden, dattie auch schon wichtich wärn. Häng de Liste auffem Klosett, echt.

Habbich gemacht. Nich ma dafür tauchtse watt. Zu glatt.

1 Pfund Suppenfleisch, wie gewachsen

Kappetalismus

Könnse sich noch erinnern, früher in mein anderes Büchsken, da habbich se doch schomma erklärt, watter Marxismus is, wo man immer soviel von hört un keiner weisset genau, nä. Is aber wichtich, datt man datt weiß, sonz machense ein ein, nä. Un da ham viele Leute gesacht, meine Zeit, Frau Stratmann, datt hamse ja ma einma-lich erklärt, soga unser Änne hattat gezz verstanden, könnse nich noch mehr so schwierige Sachen ma verklickern. Ja, also wennse wollen, dann lesense gezz ma weiter, weil, ich wa nemmich ma in son Kursus vonne Volkshochschule, nä, immer donnerstachs, un da ginget bloß um sowatt, jeden Donnerstach ne andere Fillesofie oder Staatsform, bei ein nettes Frollein ham wer datt durchgenomm, nä, un die hat inne erste Stunde schon gesacht, also, watt wer hier bei uns in Westen so ham, datt is der Kappetalismus, nä.

Ich sach Frollein Schimmelfennich, nu machense aber ma en Punkt, dann wär ich ja ne Kappetalistin, aber mein Konto, datt könnse sich gerne ma ankucken, datt is alles andere wie kappetalistisch is datt. Frau Stratmann, sachter olle Klötenkämper, der wa auch in den Kursus, Sie müssen grade reden, Sie ham den Laden un auchen Lehrling drin, un da isset ganz egal, wattse auffen Konto ham, datt is ein Produktionsbetrieb un Sie tun Angestellte ausbeuten un datt is Kappetalismus.

Herr Klötenkämper, sarich, erstensma bin ich nich Eigentümer vonne Metzgerei, sondern mein Gatte, un zweitens is datt kein Produktionsbetrieb, weil wir schon lange nich mehr selber schlachten, un drittens, wo wir den Herbert ausbeuten, datt wüßtich aber gerne ma, der hat mehr Berufsschule un Jugendaabeitsschutz un watt nich noch alle als wie datter aabeiten muß, machense mich bloß nich fuchtich, Sie.

War ich schon richtich in Rage, glaumse datt, aber datt nette blonde Frollein hattat dann widder im Griff gekricht, Frau Stratmann, sachtse, Schluß gezz mitte Debatte, gezz lern wer ersma, watt Kappetalismus überhaupt is, also, wenn einer Kappetal hat, nä, dann machter damit meinzwegen ne Firma auf un dann tuter Leute einstellen, die für ihn aabeiten –

Ja, sarich doch, fängter olle Klötenkämper widder an, so wa dattoch schon bei Frau Stratmann ihren Vatter, oder meinse, eines Tages machtatt BUMM un dann steht sonne Metzgerei da? Natürlich hatten die ersma datt Kappetal, un damit hamse –

Herr Klötenkämper, sarich, wennse gezz nomma anfang, dann kenn ich mich nich mehr, ich laß mich von Ihnen nich ein Kappetalist schimpfen, von Ihnen nich, Sie hammet grade nötich. Meinse, ich wüßte nich, datt Sie datt Häusken, watt Ihre Mutter dammals für 30000 Maak gebaut hat, datt Sie datt vor drei Jahre für 250000 Maak verkauft ham, meinse, datt wüßtich nich, un wer is gezz der Kappetalist, Sie oder ich?

So gehtatt nich, sacht Frollein Schimmelfennich, Schluß gezz, hier in den Kursus sind noch andere Teilnehmer, da könnse Ihren Krach gezz nich so auswalzen, wo komm wer da denn hin, wenn datt jeder tät. Außerdem wolln wer doch den Kappetalismus durchnehm, also, sachtse, der Kappetalismus, datt is, wenn sich jemand bereichert an watt andre mit ihre Aabeit geschaffen ham –

Ja, sarich doch, habbich gesacht, wenn der Klötenkämper dies windige Häusken, watt seine Mutter für 30000 gebaut hat, wenn der datt für 250000 verkauft, dann hatter sich doch sowatt von ber ...

Sie müssen reden! schreit er, ausgerechnet Sie, woher wolln Sie denn wissen, dattich da 250000 für gekricht hab, un wennet so wär, dann ginget Sie ja wohl nix an, Sie dösige Hippe –

Sachter zu mir: Sie dösige Hippe! Ich sach, Frollein Schimmelfennich, sarich, kein Wort weiter, in diesen Kursus bleib ich nich, wenn der Herr de dösige Hippe nich zurücknimmt.

Un da sachtatt Frollein Schimmelfennich doch tatsächlich: Meine Dam, meine Herren, sachtse, machen wer für heute mitten Kappetalismus Schluß, watt Wichtiget hamse gezz aber schomma gelernt, nemmich, wo ZWEI Kappetalisten zusammkomm, da gibtet sofort Krach ummet Geld, datt könnse sich merken, datt is fürm Kappetalismus noch tüpischer wie ausbeuten un alles andere, watt ich se sonz noch erklären wollte.

Sozialismus

Also, den Sozialismus, datt müssen wer uns so vorstellen:

Nä, waatense ma, datt is schwierich gezz. Datt kommt immer drauf an, wo einer steht un von wo er kuckt, nä. Für den Tandler meinzwegen, da is alles links von sein Scheff Strauß is da schon Sozialismus, also bloß der Wiesheu un der Stoiber un der Geißler un der Zimmermann un der Waigel unnoch son paa, die sind keine Sozialisten un nagen nich anne Volkswurzeln, aber alle andern schon, nä. Un für den Brandt siehtatt ganz anders aus, der is ja da irgenzwie so Weltpräsedent oder Europapräsedent vonne Sozialisten, un der fährt immer extra nachet Ausland hin, datter überhaupt ma widder ein sieht, nä. Da sehnse schon, wie schwer datt zu erklären is.

In Frankreich hamse de Sozialisten ja gezz anne Regierung, nä, prompt kann der Bürger keine großen Sprünge mehr machen un der Baron Rothschild muß de Million abliefern, datter Unterschied von Aam un Reich ma aufhört, aber ob die Million von den Rothschild unten beide Aabeiter auch wirklich ankomm, datt is aunnoch die Frage, nä. Aber der Sozialismus sacht, so, Schluß gezz mitte Klassenunterschiede, der Mensch is gleich, nä. Datt heißt nu aber nich, datt inne Ostzone der Honecker genauso wohnt wie ne Fischverkäuferin aussen HO-Laden, also so weit sollet nu auch widder nich gehn. Außerdem ham die da auch mehr so Kommenismus, un datt is widder watt anderes, also –

Sozialismus, nä, da gehört alles alle un der Staat sacht, watt inne Firma gemacht wird, aber privat kannze machen watte willz, da redense dir nich so rein, aber soll alles gerecht verteilt sein, nache Bedürfnisse auch. Eintlich ne gute Idee. Bloß, ob datt klappt? Wenn ich mir den Tandler un den Kohl un die alle gezz so vorstell, un dann sollnwer alle gleich sein ... wo man gleich sein soll, muß doch wenichstens schomma watt ähnlich sein, sonz hasse doch ga keine Schangsen. In Kommenismus sindse strenger – gleich, un aus. In Sozialismus sindset am versuchen un ham schomma de Gewerkschaft erfunden, un gezz hamwer jedes Jahr den Zirkus mitte neue Lohnrunde. Dem Sozialismus seine Tragik is, der tät ma mehr Zeit brauchen, nä, aber se lassen en nich. Immer nur son bißken, un dann schwupp, kommt widder sonne Wende un musser ab inne Ecke, weilet nich sofort geklappt hat. In Kommenismus is Wende verboten, datt kriegen wer im nächsten Kappitel.

Kommenismus

Also, de Idee is eimfach: Alle Menschen sind gleich, un aus. Aber so eimfach gehtet scheinz nich, un deshalb machen de Kommenisten meist de Grenzen dicht, dattse innen ersma in Ruhe gleichsein üben könn. Kuckense, schon alleine bei uns inne Familie, Willi un ich, nä, wir sind so verschieden, da könnter Kommenismus hundert Jahre üben un würde donnich klappen, so is datt. Aber so mein die datt aunnich, weil, dann wärn zum Beispiel de Anneliese Rothenberger unter Iwan Rebroff Kommenisten, er is ja soweso Russe, nä, un beide singen furchba, beide ziehn sich schäbige Klamotten an un beide wern vonnet ZDF dafür aunnoch hoch bezahlt, also ganz gleich, aber deshalb sintatt ja nu noch lange keine Kommenisten.

Der Staat, nä, der will da, dattet keine Unterschiede gibt, un deshalb schaffter datt Privateigentum schomma ab. Nich, datte dann kein Bett mehr has, aber ehmt keine Firma un nich Reichtümer auffe hohe Kante, un vererben gibtet aunnich, deshalb strengen die sich auch nich mehr so richtich an un is vieles am verlottern, weil immer nur fürm Staat ackern, datt is auch haat, deshalb sindse da auch so streng un lassen kein raus, weilse sich sagen, Kappetalismus, nä, datt ham wer schon seit 2000 Jahre, aber Kommenismus, datt hamwer ers seite russische Revolution 1917. Datt dauert noch, bis de Leute datt begriffen ham un datt geht nur mitne strenge Hand, dafür sindse aber in 2000 Jahre dann alle ganz ganz gleich un alle glücklich un bloß noch Prolletarier, die solln sich ja dann in alle Länder vereinen, nä. Un ich denk, ich sehet schon, da is einer so dösich meinzwegen wie unser Harald un kann immer bloß Hilfsaabeiter anne Dampfwalze beim Straßenteeren sein un einer wird Aazt un verflanzt Herzen, wo sintie gezz beide Prolletarier? Die lesen nich ma deselben Bücher, un da liechter Wurm, im Kopp, nä.

Manche sind ehmt schlauer wie andere, un darum krisse wahscheinz ganz gleiche Menschen eimfach nich hin. Du kannz bloß als Staat sagen, so, gezz hier, alle grüne Gaadin, keine Ausnahme, is bloß grüner Stoff da, wegen de Planwirtschaft, aber du kannz nich sagen: so, gezz ma alle gleich schlau oder gleich doof, nä, der Mensch is der größte Fehler in diesen Kommenismus, so wie ich datt seh. Wennse dann ma alle gleich sind, sachter Kommenismus, gibtet auch keine Verbrechen mehr, un datt kannich mir aunnich vorstelln – dammals Adam un Eva, nä, hatten bloß zwei Söhne, un da hat schon der eine den andern totgeschlagen un datt wa noch ganz nah annet Paradies, nä. Un wenn der eine Mann de selbe Frau will wie der andere, dann ziehnse schon widder de Messer, weil, alle gleich, datt is die schönste Idee, die et gibt, aber der eine mach Heino un der andere geht inne Oper un die komm im Lehm nich zusamm, un wer datt Gegenteil behauptet, daaf inne Bundesreppeblik zur Strafe nich Lehrer wern, die ham ja hier vor diesen Kommenismus ne Heidenangst. Wegen de Unterwanderung un alles, wose sich doch grade ma sonne schöne Demmokratie gebastelt ham, nachdem SIE mit ihrn Natienalsozialismus alles unterwandert ham, nuja, ich werd datt mitte Weltrevelution nich mehr erlehm. Ich seh nur, wiese auf beide Seiten Raketen aufbauen für zum beweisen, wer recht hat, un schon denk ich widder an Kain un Abel.

Demmokratie

Demmokratie, datt is datt, watt wir hier so ham, nä, alle Dingens – äh – Staatsgewalt geht vonnet Volk aus, also eintlich regieren Sie un ich un ga nich der Kohl, aber datt is schwer zu begreifen, au Mann. Weil, datt Volk hatten gewählt, verstehnse, demmokratisch, un nu musset sich rein fügen. Ganz verzwickt isset in Amerika, da hamse auch ne Demmokratie, wern aber regiert von ein Reppeblikaner, un bei uns sinte Paateien alle demmokratisch, heißen ja auch so, aber datt Land is ne Reppeblik, un den Unterschied versteht widder kein Mensch. Also Sie sehen auch schon, ursprünglich, wie datt ma erfunden wurde, da wa ne Demmokratie ne Demmokratie un sonz nix, heute isse entweder sozialdemmokratisch oder christdemmokratisch oder freidemmokratisch, von dem, watter olle Grieche da ma mit erfunden hat, sind wer ganz schön weit weck. Ob der Grieche sich datt so vorgestellt hat, wie der Zimmermann un der Dregger datt heute machen, datt is noch schwer die Frage, nä.

Die Ostzone, die nennt sich ja gezz «Deutsche Demmokratische Reppeblik», da wirtet nu ganz durchenander, die sagen also, se wärn ne Demmokratie, un trotzdem igelnse sich hinter ihre dusselige Mauer ein un lassen de Leute nich in Urlaub fahrn wohinse wollen, datt versteh ich ja nu unter Herrschaft von ein Volk aunnich grade. Bei uns hier dürfen wer nach Italien un

Mallorca un wo wer hin wolln, unne Mauer ham wer aunnich drum rum, aber ob hier jeder noch datt studieren oder datt aabeiten daaf, watter will, datt glaubich aunnimehr, also sagen wer ma so: Datt Volk daaf hier alles selbs wählen, wattet will un wo et von regiert wern will, aber dattet dann kricht, wattet will, is nonnich gesacht.

Nu kannze de Regierung mit ein Mißtrauensvotum widder abwählen, aber bis son Volk ma mißtrauisch wird, meine Zeit, datt dauert! Weil, wer dürfen so schön mitreden hier bei uns inne Demmokratie. Kuckense, der Staat sacht meinzwegen, so, gezz wern ma die un die Kernkraftwerke gebaut, un dann sachtatt Volk, nö, wolln wer abber nich, datt is uns zu gefährlich un gehte Natur von kaputt, dann heißtatt, datt Volk sacht nein un dann is auch nein un wern ehmt keine gebaut ... obwohl, nä, datt Beispiel is gezz irgenzwie nich so gut. Oder wenn de Ammerikaner eine Million Bäume absäbeln für zum neue Spielplätze für Soldaten bauen un wir sagen nö, wolln wer nich, sind wer gegen, dann – dann, äh – also, noch ham wer ja ga keine richtige Demmokratie, seh ich grade, noch sind wer besetzt, aus Strafe, datt wer den Kriech verloren ham, aber datt Demmokratische dadran is, dattich datt hier sagen daaf un dafür nich im Gefängnis muß, nä. Obwohl, man weißet bald nich mehr.

Diktatur

Mitte Regiererei von ein Volk, datt is wie mitte Kindererziehung, nä – du weiß nie, obbet richtich is, watte machs. Datt siehsse ers, wenn de Kinder groß sind – vorher bisse am grübeln: Soll ich se laufen lassen oder streng rannehm? Wie ich klein wa, hat mir unser Mutter öfters ma eine geschmiert, nä, un später, wie ich mich drübber beklascht hab, hatse gesacht: Na un? Hattonix geschadet! Aber ich weisset nich, Sie ... Un son ganzes Volk, wenn einer drauf rumtrampelt, datt schadet ehmt doch, nä. Wenn ich regieren müßt, du liebe Zeit, kein Auge könntich zumachen, ob datt auch alle richtich wär, wattich mach. Aber de Politiker nich so, die machen Reisen un Festessen un immer fidel, Sorgen siehsse denen nich an.

Der Einzichste, der sich überhaupt nie ma Gedanken macht, obbet richtich is, watter macht, datt is der Diktator. Solche gibtet immer noch, soga in Afrika, wo de Stämme ma friedlich zusammgelebt ham, aber dann ham wer ihnen beigebracht wie herrschen geht un gezz is Essich, nä. Son Diktator erkennze außen immer anne Uniform, ohne Uniform un Stiefel kommter ga nich aus, un mächtich Orden un Lametta vorne dran un alle ummen rum sind schwer bewaffnet, nä, weil der Diktator weiß natürlich, datten keiner leiden kann. Wer datt aber laut sacht, schwupp, kommt im Gefängnis oder noch schlimmer, un deshalb is inne Diktatur datt Volk meist ganz stickum un ich kann mich furchba ärgern, wenn sich hier bei uns einer auffen Flur schon ängstlich rumdreht, ob ihm aunnix passiert, wenner nur eima sacht, er fänd den Zimmermann nich so furchba sümpathisch. Hier darfsse datt sagen, inne Diktatur nich, datt is der Unterschied, aber de Angsthasen bei uns tun immer noch so, als hätten wer eine.

Kuckense, der Franco in Spanien, datt war einer. Der is ja nu tot un mussen lieben Gott erklären, watter sich dabei gedacht hat, Spanien jahrelang triezen. Der hat sich lange gehalten, der Franco, nu hatter ja auch von unsern Strauß immer schomma ne Geldspende gekricht, nä – überhaupt, wie der Strauß noch munterer wa, da konnze ne Diktatur oft dran erkennen wo der gerne hingefahren is un Freunde hatte, in Schile isser ja auch immer gerne gewesen. Heute sindse da vorsichtiger mit, der Ammerikaner macht datt so ganz heimlich, de Diktatur da en bißken unterstützen, wo et gegen de rote Gefah geht, nä, un wenn einer watt sacht, sagense, watt wollter denn, wollter denn de Diktatur vonnet Proletariat? Dann doch lieber von ein einzelnen Herr als vonne ganzen Aabeiter, aber ich weißet nich, Sie ...

Früher wa ja Diktator bloß en Beruf für Krisenzeiten, nä. Wenn in ein Land alles drunter un drübber ging, dann hamse schomma ein eingesetzt bis widder Ordnung wa. Heutzutage halten die sich immer länger, in unser Jahrhundert wirtatt scheinz ein Beruf auf Lebenszeit mit Rente. Datt Schlimme is, datte meist vorher nich so richtich merks, wann der Diktator am Regieren kommt, nä – auf eima isser da un du muß kuschen. Deswegen laß wer schön aufpassen, hörnse ma. Wir hatten hier ja schomma ein, sollte tausend Jahre dauern. Datt wer sowatt ja nich widder reinkriegen. Dann schon lieber Wende.

Monarchie

Ja, datt gibtet aunoch: Könich-Kaiser-Edelfrollein-Prinzen-Schlösser-Wachparade-Böllerschüsse, wun-der-ba. Vergleichense doch bloß ma Königin Silvia mit unsern Bundeskanzler Kohl, watten Unterschied, schon rein äußerlich! Auffen Kaiser sein Geburtstach gabet früher schulfrei, von Kohl weisse nich ma, wann der Mann Geburtstach hat. Un dann, Schloß Drottningholm gegen den Kohl sein Böngalo in Oggersheim! Also, Kultur is inne Monarchie meist mehr, die baun Schlösser un Paaks un Schloßtheater in Paak, herrlich, Sie brauchen ja nur eima Herz un Krone aufschlagen, dann hamse Glanz un Gloria für 1 Maak 30, Diana un Lisbett, Beatrix un Silvia, Erbgroßherzöge un Erbprinzen, datt nimmt überhaupt kein Ende un alles Kultur. Un wir? Otto von Habsburch un Louis Ferdinand von Preußen, ja, gezz sagense selbs.

Richtich zum Regieren gibtet heute inne Monarchie nix mehr, in England machtatt zum Beispiel die Magret Thätscher alle alleine, könntse auch genausogut Königin sein, aber da fehltatt blaue Blut, nä. Un datt Volk sieht gerne Herrscher auf Schlösser, weil ne Königin in ein roten Purpurmäntelein auf ein weißet Ferd, datt is eimfach auch schöner wie meinzwegen der Holger Börner auffen Wech nache Aabeit in sein Dienstwagen. Dabei hätten wir hier noch Schlösser rumzustehen, un die baun ihr dusseliges Bundeshaus, un inne Schlösser is datt Raubritterarchiv oder watt weiß ich, kein Sinn fürm Schönen, wie ich et sach.

Da sintie Österreicher nehman anders. Die ham zwa Adel un Könich un sowatt alle auch abgeschafft, aber nur auffet Papier. Fahnse ma nach Österreich un ziehnse Ihren guten Mantel mittat Pelzkrägelchen an, sofort sindse «Frau Baron», is wirklich wahr. Wir ham hier höchstens nochen paa Adelige, die Glanz inne Regierung bringen, aber datt is auch eher son Glanz wie inne Geschichte vonne Goldprinzessin, kennse ja, eima dran kratzen un drunter is Blech, nä. Von den Graf Lammsdorf hört man ja aunnix mehr. Nänä, machen wer uns nix vor, is vorbei mitte Monarchie in Deutschland, auffe Schlösser wohnen höchstens dem Backwan seine Jünger, un wenn bei uns jemand Prinz werden will oder Könich, musser nachet Ausland hin heiraten, wie unser Claus un unser Silvia, tragisch.

In Rußland wa übrigens aunnich immer Kommenismus, die hatten früher Kaiser mit Schlösser un Winterpaläste un alles, hamse Zar zu gesacht, aber die hammet wohl zu doll getrieben un datt Volk wa am leiden un dann gabet Revelution. Datt kann auch passieren, un dann is statt ein Despot Kommenismus. Ob wer in Bayern auch eines Tages ma Kommenismus reinkriegen, so gesehen?

Horst Cremer
Herzlichen Glückwunsch
Das ganz andere Geburtstagsbuch
(5505)

Wolfgang G. Fienhold
Orcan von Choleria
Die unglaublichen Abenteuer eines
Fantasy-Barbaren (5486)

Elke Heidenreich
Darf's ein bißchen mehr sein?
Else Stratmann wiegt ab (5462)

Michael Klaus
Unheimlich offen
Geschichten vom neuen Lebensgefühl
(5511)

A, Marquardt/H. Borlinghaus
Der Frauenarzt von Bischofsbrück
Roman
Band 1 (5449) **Band 2** (5562)

Wolfgang Neuss
Tunix ist besser als arbeitslos
Sprüche eines Überlebenden (5556)

Jo Pestum (Herausgeber)
Kalle seine Beine
Sport-Satiren (5465)

Peter Schmidt
Einmal Sonne und zurück
Reisesatiren (5563)

Karl-Heinz Söhler
Wir sind doch ganz erträglich . . .
Gereimte Alltagsweisheiten (5477)

Reiner Taudien
Ich heirate meinen Verein (5489)